냉장고에서 바다를 꺼내다

모아드림 기획시선 117

냉장고에서 바다를 꺼내다

공계열 시집

모아드림

■ 시인의 말

〈살구씨 속엔 살구나무가 있다에서
〈냉장고에서 바다를 꺼내다〉까지
그냥 왔던 것은 아닌데

묵정밭을 개간하는 사이
손바닥은 물집이 생기고
손등은 갈라져
아픈 손으로 다가온 시는
내 몸의 일부가 되었다

오늘
산등을 넘고 있는
해의 짠한 잔영 속에서
상처 난 두 손을 가슴에 포개 안은
나를 본다

2009년 봄
공계열

차 례

제1부

제2부

제3부

제4부

1부

오동꽃

관음리觀音里라는 마을을 아시는지
그 마을의 보이는 것과 들리는 것에 대해 들어 보셨는지
산비탈 소나무숲 속 오동나무들과
오동나무 가지에 매단 보랏빛 작은 종들을 보셨는지
여태 내가 보지 못한 그윽한 풍경이 있어
창문마다 두드리는 오동꽃 피는 소리 그 종소리 들으셨는지
그 마을 지붕마다 환하게 내려앉는 오동꽃 지는 모습 보셨는지
나는 오동꽃에 시선이 콱 잡혀서
다만 가슴이 설레고
내 몸 속 어딘가 보랏빛 슬픔을 새겨 넣고 있는 낮은 종소리
그 소리 창가에 매달고 서서 기억한다
이슬 젖은 적막을 신고 새벽 오동나무 아래 서면
가지마다 동그랗게 오므린 꽃등이 활짝 열리고
오동꽃 실에 꿰어 목에 거는 소녀의 삽화 한 장 사이로
바람에 흘러가는 세월이 보이고

지는 오동꽃 이슬 비비는 물방울 소리
그 아름다운 연주 속에
강물 따라 세월 흘러가는 소리 들린다

4월의 삽화 한 장

화단에서
4월의 삽화 한 장을 바라본다.

입을 열고 해야 할 말이 무엇인지
꼭 말하려고 벙긋 입을 여는 순간
날선 바람의 칼에 목 부러진
동백꽃 붉은 봉분을 본다.
누가 4월을 잔인한 달이라고 했던가.
겨우내 가슴 속 피멍으로 참았던 응어리
한번 크게 소리쳐 쏟아 보려는데
발등에 꺾어진 꽃숭이 숭이들
시간은 흘러가는 것인데 차라리
팥꽃나무로 바위 밑에 숨죽이고 살았더라면
골담초 작디작은 잎으로 숲 속에 못 박혀 있었더라면
누가 4월을 잔인한 달이라고 했던가.
건조 경보 그 불온한 땅을 버리지 못해
꼭 끼는 짚신 신고
절름거리며 아프게 걸어 나왔을

마른 입술 독하게 물고 피워 올렸을
해맑은 꽃잎의 흐느낌을 본다.
누가 4월을 잔인한 달이라고 했던가.
허옇게 갈라진 갈증에
소리치고 싶은 말들이
붉게 떨어져
아침을 맞이하고 있었다.

오래된 가구

— 나비무늬 자개장

허방처럼 빛나는 시간을 간직했을 때
들판 가득 나비들의 날개가 반짝였다 자개 속에서 나온 파도의 속살이 음악처럼 출렁였다 나비는 시간을 쫓아 유영하느라 얇게 뭉개진 날개를 가누지 못하고 점차 무거워지는 몸의 무게를 들판에 흘리고 있었다

장에 기대어 책을 읽고 뜨개질하던 불면의 시간들에 버캐가 끼자
지금은 굵고 가는 금을 내며 빗줄기를 만들고
비를 맞은 나비 날개에도 잔금은 수없이 가고
장을 열 때마다 늙은 경첩이 어긋나며 신음소리를 뱉어내고
내 속에선 쓸쓸한 바람소리가 고무풍선처럼 자꾸 빠져나간다

아득히 먼 곳만을 바라보며 지나온 나의 방향에선 높은 파도를 넘나들던 설화들이 출렁이고 어느 바다에 한꺼번에 수장시키고 왔는지 얼굴을 적시던 몇 방울의 눈

물도 말라 날개는 반으로 접히고 헐거운 몸으로 들판을 건넌다

밤새 관절통으로 퉁퉁 부은 아침을 허리에 감고 일어선 당신
잊지 못할 오래된 가구로 놓여 가지도 오지도 못 하는 당신
바닥을 딛고 선 네 개의 발이 점점 우주로 가라앉는 당신
당신에게선 쓸쓸한 파도 소리가 고무풍선처럼 탱탱하게 부풀어 오르네요

어느 날 굵은 빗줄기 속을 날던 나비가 가뭇없이 떨어져 내린
그 검고 아득한 구멍 속 빈자리
어떤 빛나는 시간도 그 검은 속 빈자리는 지우지 못하리

냉장고에서 바다를 꺼내다

수협 달력 속에는
12월의 바다가 등대를 껴안고 있네
냉장고는 이명처럼 파도 소리를 내고
난 등대를 바라보며 냉장고를 열지
젊은 날의 어머니가 청어를 한 대야 이고
측백나무 울타리를 돌아 집으로 오지
냉장고 속에는 청어 등으로 바닷물이 흘러내리고
난 냉장고에서 이명처럼 파도 소리를 듣네
어머니가 청어 대야를 섬돌에 내려놓자
난 냉장고에서 청어 등줄기 같은 바다를 꺼내지
청어의 희고 둥근 배가 수평선처럼 휘고
수평선 흰 금을 가르자
높은 파도가 출렁이며
붉은 바다의 내장이 쏟아지네
어머니는 청어를 섬돌에 쏟으며
허공을 몇 걸음 밟고
난 젊은 어머니처럼 고개를 뒤로 돌리지
평생 등에 진 바다를 내려놓지 못해

바다 속 어느 고샅으로 흘러들다
지느러미 한번 마음껏 흔들어보지 못한
어머니의 한 아들을 생각하고
난 냉장고에서 이명처럼 파도 소리를 듣네
어머니가 쏟아놓은 청어는
푸른 물살 넘실거리며 섬돌을 가로지르고
난 고개를 돌려 항구를 바라보지
냉장고에는 항구의 불빛이 고향집 창문처럼 환하고
싱싱한 겨울바다가 빙점에 떨고 있네
청어 등으로 시퍼런 물이 굽이쳐 흘러내리고
분홍색 노을이 내려앉는 해안선 따라
어머니가 노래처럼 파도에 발목을 적시네
냉장고는 이명처럼 파도 소리를 내고
난 바다가 가득 찬 냉장고를 가졌다네

고등어를 손질하다 보니 알겠네

안목에서 왔다는 고등어
손질을 하다 보니 알겠네

고등어 뱃속에 들어간 아침 햇살
뜨겁게 교접하며 살을 만들었으니
그 살점 불그레하다

칼날에 저며지며 흰떡에 살을 박듯
저며져서 해의 살이
동백꽃등인 양 일렁인다

자박자박 칼날을 타고 걷다보면 마하 7로 유영했을 고
등어의 혼이 꼬리지느러미에 낮게 포복하고 고등어 등에
얼룩진 동해바다 푸른 낙관 단칼에 쩍 갈라지는 깊은 바
닷속 살을 움켜쥐고 있는 뼈의 욕망이 눈 동그랗게 뜨고
나를 치켜보고 있다

햇살로 살꽃 속속들이 피는데

희망이라고 푸른 낙관 단단하게 잡고 있는데
고등어가 만든 한 점의 햇살을 먹는다

목울대 차오르는 붉은 피톨 향긋한 살내음
떨리는 손들어 나를 갈라 보면
햇살에 젖은 살점들 스펀지처럼 붉게 젖어있겠지

긴 터널 지나 강 같은 핏줄 타고 지류까지 흘러흘러
손톱 발톱 머리카락 올올이 햇살로 가득 차면
내가 고등어라는 것을 차마 알겠네

나비와 끈

우리 동네 영삼 씨는 고층빌딩 유리창 청소부다
그가 끈에 매달린 모습은 흡사 빙벽에 붙은 한 마리 나비 같다
오늘도 날개를 저으며 빙벽을 닦아내는 그의 날개는 이미 많이 꺾이고
끈을 타고 세상과 마주하는 그는 세상을 닦아낸 시간만큼이나 마모되었다

끈은—어느 날의 슬픔으로 늘어졌고
날개는—어느 날의 기쁨으로 출렁거렸다

전생에 그는 나비가 아니었을까
일생동안 날개를 저어 바람을 만들며
이를테면 나무에 돋아나는 잎이라든가
꽃에서 꽃으로 건너뛰며 세상을 관망하는 나비 같았다고
목숨을 줄 하나에 매달고
단옷날 〈동춘 서커스단〉에서 끈과 끈을 아슬아슬하게 뛰어넘던 앳된 소녀 같았다고

그녀가 가슴에 달고 있던 나비무늬 브로치 공중회전하는 순간마다 반짝반짝 빛날 때

죽은 어머니 가슴에도 꽂혔던 부전나비 한 마리가 떠올라

지금 빙벽에 어른거리는 나비무늬 구름들

언제 흩어져 사라질지 모른다고 생각하는

순간!!

시간을 잡아당기면서 끈을 차고 구름 속을 비상하는 부전나비 한 마리

팔랑—영원한 시간 속으로

팔랑—자유를 찾아

팔랑—이제 시작이다

빙벽을 넘어 자유를 연주하는 영삼 씨의 흔들리는 저 날갯짓

쭉— 펼친 날개에 찍힌 붉은 점이 부전나비 날개의 둥근 무늬가 되어 보도블록을 점점이 핏빛으로 적시고 있

었다

드디어 영삼 씨는 땅의 삶에 불시착하고
우르르 모여든 신발들이 총총히 흩어진 다음

그가 놓아버린 끈만 허공 속에서 까맣게 흔들리고 있
었다

단풍나무 아래 잠든 그 남자

산책을 하려고 집 앞 공원에 갔다가
햇빛을 되쏘는 붉은 단풍잎이 반짝 눈에 매달리는 순간
단풍나무 아래 멈춘 눈길 뗄 수가 없다
벤치 밑으로 바짓가랑이 쭉 뻗어놓고
낙엽을 깔고 누워 푸근하게 잠든 남자
검은 파카는 땟물에 절어 반들거리고
풀려 내려온 회색빛 스웨터의 보푸라기 몇이
꼬불꼬불 손등을 덮었다
검은 바지 솔기마다 희끗희끗 비어져 나온 솜 알갱이들
국숫발처럼 내리는 한낮의 햇살이 남자의
온몸에 붙어 광택을 만들고 있다
단풍나무는 몇 남지 않은 잎으로 그의 누추한 몸을 가리느라
그림자를 만들어 이리저리 기워 붙이고
얼굴은 벌겋게 녹이 일어 나이를 가늠할 수 없는 남자는
차양이 위로 말린 카우보이 갈색 모자로 눈을 가리고 있다

공원은 조용하여 낮은 둔덕에 선 내 시선을 비키지 못하는 그 남자뿐

겨울을 재촉하는 11월의 햇살은 구릉으로 모여 낙엽을 데우고

데운 낙엽은 쌓여 서걱거리며 바스라진다

바람이 손사래 칠 때마다 나뭇잎은 그의 잠 속으로 비처럼 쏟아져

늦가을 그 남자의 낮잠은 하도 깊어 몇 십 년 빗속에 누워 있다

삶의 두꺼운 얼음판을 편자도 없이 걸었을 먹칠한 흰 운동화 그 남자

잠이 깨면 황야를 달려갈 쇠잔한 카우보이 그 남자

지금은 낙엽 속에 묻혀 이따금 불어오는 천상의 음계를 간절히 짚고 있는

단풍나무 아래 잠든 그 남자

8월, 35°의 랩소디

공중가득 퍽퍽 터지는 햇살들이 지상을 쏴 맞히고
마른버짐 핀 지붕에 엉겨 붙은 햇살들 하얗게 훑어 내리고
오늘은 남산 190계단을 올라 보고 싶어
흡반 달린 발바닥을 층계에 밀착시키면
오를수록 흐믈흐믈 무너져 내리는 어둠 저편의 발소리 따라
펼쳤다 접혔다 하는 아코디언 계단
피아니시모로 ~외로울 땐 나를 보러오세요~*
층계 사이사이 외로움이 접혔다 펼쳤다
자일리톨 껌 속에 붙은 외로움이 잇새를 들락거리고
나뭇잎이 그물망을 만드는 사이로
칼날같이 반짝이는 얇고 긴 풀잎들이 탈골되어
풍만한 수국의 가슴 스쳐가면
바람이 된 희디흰 살점 한 점 또 한 점
무너져 내리는 계단과 계단에 자꾸만 몸 뒤집는
피아니시시모로 ~ 울적할 땐 나를 보러오세요~*
아코디언 사이사이 울적함이 빼곡히 일어서 펼쳤다 접

혔다

鬱寂을 컵 속에 가득 부어 콜라와 함께 마신다
어느덧 나뭇잎이 그물망을 만드는 사이로
귓바퀴를 늘어뜨린 시퍼런 잎사귀들
햇살 받아 말갛게 실핏줄 드러내고

층계를 접어든 햇살 신발들 또각또각
먼 길을 걸어가면 나는 길 하나를 푸근히 베고 눕는다
가만히 있어도 접혔다 펼쳤다 연주는 계속되고
피 다 쏟은 낮달이 햇살 속으로 타전하는
~가진 것은 없어 마음뿐이야~*
길게 녹아내린 내 몸 위로 해의 살촉이 가득히 꽂힌다

*방미의 〈날 보러 와요〉에서 인용

물결은 돌을 사랑했네

태어난 곳도 물결 속이고 내가
자란 곳도 물결 속이랍니다.

물결 따라 두근거리는 몸짓으로 구르다보면 나는
숨이 가빠지고 몸속은 환히 열립니다.

찰랑이는 손길이 뜨겁게 닿은 곳마다 그의
결이 내 몸에 문신처럼 아프게 새겨집니다.

최선을 비벼서 물결로 남기고 싶은 그의 간절함이 내
몸을 휘돌아 지울 수 없는 자국을 만들었습니다.

갑자기 폭우가 쏟아지던 날 물결은 거친 숨을 뱉으며
장대 높이로 뛰어 올라 나를
강 가장자리로 밀어붙였습니다.

밤이면 쑥부쟁이 하얀 바람 속에서 달을 쳐다보며 나는
달 속에 그리움의 푸른 물결을 새겨 넣었습니다.

물결무늬 때문에 달은 푸르스름한 빛을 세상에 타전하
고 돌은
무늬마다 이랑져 물결을 일으켰습니다.

물결 따라 그들의 맥박소리 점점 가파르게 차오르면
오늘도—
내일도—
돌 속에서 들리는 맥박 소리 찰랑~찰랑~찰랑~

물결무늬 돌은
사랑이라 했습니다.

북소리

아무도 북소리가
소의 울음소리인지 알지 못했다
다만 속엣것을 자르고 벌리고 찌르고 훑어낸 자리는
영혼의 나비들로 가득 차올랐다
매일 쏟아내던 달빛은 눈도 못 뜬 채

흥에 겨운 고수가 맹금의 날갯짓으로 북을 두드리면 생의 저 밖을 헤매던 소의 육탈한 恨이 껍질 속에서 자물통을 열고 나와 해저화산처럼 폭발하는 울음소리가 사라진 시간을 길어 올리며 허공에서 몸을 떨었다 흡사 그들의 집이 허공 속인 것처럼

둥—둥—둥—겨리*를 끌다 무릎 관절이 꺾이는 소리
둥—둥—둥—걸채*에 높이 실은 나락으로 등뼈가 휘는 소리
내가 그 크고 검은 無慾의 눈동자 속으로 빠지던 날
오래된 기억들의 환등기는 돌아가고
둥—둥—둥—겨울밤 얼어붙은 대문 두드리는 소리

둥—둥—둥—내 안에 그리운 것들이 문고리 잡고 흔드는 소리

소리와 소리를 잉태한 북 하나
언제 터져 나올지 모를 화약가루 같은 울음 머금은 채
내 가슴속 깊은 가지 끝에 대롱대롱 매달려 울리면
아무도 그 소리가
사람의 울음소리인지 알지 못했다

*겨리–소 두 마리가 끄는 농기구
*걸채–소 따위의 길마 위에 덧얹어 볏단이나 보릿단 등을 싣는 농기구

딸기 2개가 그려진 빗살무늬 접시

멀리 돌아와 보니
이제야 사람은 추억 속에 산다는 것을 알 것 같네요

나물을 무치려고 찾아든
가운데 딸기 2개가 가지런한 빗살무늬 접시
강릉 중앙시장 '행복 그릇점' 에서
새색시 시절 익은 딸깃빛 치마 팔랑거리며 산 접시

갖은 양념을 사랑으로 품어 안았던 빗살무늬 골 깊은 가슴에
다 잊은 줄 알았던 딸기 2개가 싱싱하게 살아나
상기된 얼굴로 나를 안을 줄이야
지난 시간은 흐느끼며 다시 찾아와
종종걸음 치던 내 삶의 인연 속에서
한밤중에야 이슬에 젖던 딸기의 몸

삶은 밀어내고 끌어당기며 무치던
시금치 콩나물 호박나물……과 함께

시간을 잘라먹고 목쉰 노래 흥얼거리네요
딸기 2개가 붉게 잠긴 빗살무늬 접시 그 안에
내가 수없는 잔금으로 남아 추억 속에 살 비비고 있음을
이 마모된 길목에 와서야 겨우 알겠네요

꽃잎

군중 속에 몸을 두고 살기가 너무 외로워
형광 불빛 길게 당겨
코바늘로 꽃잎을 만들어 봅니다

내 기억의 창고에서 쏟아져 나온 부스러기들이 어지럽지만
지금은 꽃잎 하나로 내 앞에 있습니다
그러고 보니 꽃잎도 외로움의 한쪽입니다

내 삶의 오솔길에도 오를수록 숨이 차올라 꽃잎 무늬를 만들려다 손끝에서 놓친 코 하나 꽃잎은 일그러지고 다시 풀 수도 없이 멀리 와 버린 어긋난 길이 필연처럼 우뚝 서 있습니다

창
 밖에는
  꽃잎이
   날립니다

수많은 맨살의 꽃잎을 짜고 또 짜는 동안
고단한 시간의 화살은 자정을 맞히고
어둠의 비늘들이 빼곡히 일어섭니다

이집은 304호 어디선가 피아노 치는 소리가 들려옵니다
광광 별은 빛나건만* 꽃잎이 건반에 섞여 부서집니다
광광 외로움에 조미료를 듬뿍듬뿍 칩니다

내 손끝에서 하나 둘 꽃잎이 돋아나는 동안
가슴에 쌓인 칙칙한 삶의 무게들이
점점 가벼워져 몸 밖으로 조금씩 빠져 날아갑니다

꽃잎 따라 먼 길을 돌아온 아침 생각할수록
내가 꽃잎을 만드는 것이 아니라
꽃잎이 나를 만들고 있었습니다

*푸치니의 오페라 〈토스카〉의 아리아 중에서

황새 비상飛上하다

황새 몇 마리 냇물 속에 발 담그고 조용히 한 곳을 응시하고 있다
미동도 하지 않는다

아침 햇살이 피라미 떼처럼 파드득거리는 냇물 속
빨간 지붕의 아파트 한 채
거꾸로 들어섰다

지붕을 밟고선 황새의 희디흰 목이 천천히 숙여졌는가 하면 부리로
투명한 창문을 흔들어
둥글고 잔잔한 물결의 파장을 일으킨다

나는 그 모습을 보다가 문득 황새의 비상이 궁금했다

흰 목각새인 듯 깊은 명상의 시간을
순백의 깃털 속속들이 숨겼다고 생각하는 순간
거문고의 맑은 탄주彈奏를 듣는 듯

아! 우아하고 기품 있는 황새의 비상이 붉은 기왓장을 차고 오른다
교각을 지나 월대산을 향하는
쭉— 뻗은 박속 같은 날개

그 사이
포남교 위로 차들이 출렁거리며 지나가고
그들의 고향이 초록 숲인 것처럼
끝없이 숲 쪽으로 비상하는……

파문波紋

내川에 돌을 던지자
물이 둥글게 파문을 일으킨다
흐르던 물살이 균형을 잃고 멈칫거린다
제 몸 속 깊숙이 스며든 파문이 가라앉을 때까지
물소리를 천천히 거둬들이고 있다

어쩌면 내는 흘러가면서도 정신을 가다듬고 생을 다하여
가슴에 품었던 돌의 안부를 물을 것이다
울음소리 같은 파문을 끌어안고
긴— 시간 제 속의 돌을 쓰다듬을 저 냇물은
그의 생이 가질 수 있는 마지막 떨림 같은 것이어서
파문이란 또 다른 너의 몸짓 같은 것이어서
지금은 없는 너를 품는 것이 얼마나 가슴 울렁이게 만
드는지

오래 멈추지 않는 가슴 속 여운
어느 멍든 마음이 쉬었다 흘러간 흔적일까
환한 물 속 수만의 길을 향해 돌의 안부를 묻는다

흘러가는 물도 빈자리가 있는지
그곳에 누구의 실루엣인지 버려져 있다
내 마음 속에 던져져 오래 묵혀둔 내 것이 아닌 내 것에 대한 연민을
사립문 밖에 우두커니 세워두지만
어느새 캄캄한 내 속으로 밀려와 웅크린 채

내와 나는 방죽을 사이에 두고 다시 돌을 던져 파문이 일고 가라앉을 때까지
서로의 파문을 견주어본다
잔잔하게 밀려 멀리멀리 퍼져가는 파문을 보며
내 속에 묻힌 돌이
어찌나 막막하고 그리운지

바람을 후려친다

후려쳐야 막 토해내는 바람의 몸이
하늘 가득히 매달려 있다

강가 버드나무 긴 머리채가 바람을 후려친다
쏜살같이 다이빙한 바람이 초록초록 생명을 잉태한다

허브향이 옷고름 멀리 풀어 바람을 후려친다
바람이 두들기는 건반 사이에서 향기에 젖은 노래가 레일을 타고 옷고름 끝을 달려 간다

빨랫줄에 널은 때 묻은 하루가 바짓가랑이로 바람을 후려친다
바람이 전하는 세상의 질문들을 닳고 닳은 바짓가랑이는 천천히 울음으로 풀어놓고 있다

복사꽃 머리에 꽂고 에스컬레이터를 다 내려온 봄이 바람을 후려친다
바람이 뱉어내는 천만 개의 자욱한 복사꽃잎 강물에도

앉고 숲에도 앉아 오늘밤 姚姚한 붉은 달빛 바라본다

누군가의 영혼이 먼지에 쌓여 바람을 후려치며 보도블록을 헤매일 때
내가 가랑잎 한 잎으로 바람을 후려치고 후려치면
가랑잎이 바람에 구르다… 쓰러지다… 바스러지다… 흩어지고

심곡深谷에서

정동진 지나 그곳에 가면
산과 산이 가랑이를 벌린 깊은 골에
깨끗이 빨아 행군 초록치마 深深한 길이 되어 누워 있다네
파도가 겨울 뒤꿈치를 흰 삽으로 푹푹 퍼 헤치자

낮은 돌담 끝 복숭아나무 가지마다
꽃망울 발그레한 젖꼭지 물고 옹알이하는 소리
深深하게 쟁여 넣은 길로 굴러 떨어지는 봄볕이
촘촘히 박히면 놀라 깨어나는 싱싱한 해풍 따라

바다를 건져 납작하게 눌러놓은 고르매 속에
이리저리 헝클어진 바닷길이 놓여 있고
산호와 은밀히 눈짓하던
深深한 길이 있네

고향이 바닷바람으로 深深하게 매달렸던 허공
수없는 물결 따라 고르매 내장 가득히 차오르는

그 빛 초록 숨결
내가 밟고 가는 끝없는 미로

2부

밤색 코르덴바지와 山소주

영하의 신새벽
텅 빈 횡단보도 앞에서
목 매달은 가로등이 붉은 눈물 흘리고
밤색 코르덴바지가 붉은 눈물 뒤집어쓴 채 서성이고
밤색 코르덴바지가 끌고 온 발자국 갈지자之마다

밤새워 마신 山소주가 어지럽게 흔들리네 山소주가 밤색 코르덴바지 식도를 지나 늑골에 추억으로 山 하나 이룬 밤 칼끝처럼 돋아나는 첫사랑 찾아 山 속을 헤매다 별이 된 그녀의 눈빛 청솔가지 사이로 너무 멀어 아물아물한 눈시울에 뻐꾸기 소리 귓속으로 가득 차오르면 밤새워 고향의 접힌 山길 펼쳐 찾느라 붉고 차진 山흙에 미끄러져 밤색 코르덴바지 山흙으로 칠갑을 했네

지금은 색깔도 희미한 코르덴바지가 있고
가로등이 붉은 눈물 코르덴바지에 다 쏟아 붓고
수런거리며 다시 깨어나는 길 위에
새벽 인력시장으로 걸어가는 여윈 코르덴바지 가랑이
놓아버린 山길이 코르덴바지에 감겨 박명薄明에 출렁입니다

淸明

겨우내 허기진 벚나무
그녀가 경포 호반에 서 있다

알통을 들어내고
그녀의 몸 속으로 들어간
봄이
물관을 타고 돛을 높이 올렸다
그녀의 몸 속을 샅샅이 훑으며
물살을 탄 배는 호흡이 빨라지고
물 오른 그녀의 모세혈관 속
항구의 푸른 가지마다
깊이 정박하면
배 밑창에 모인
숙성된
봄이
자궁을 열고
끊임없이 해산하는 꽃무리
청명한 봄 햇살을 튕겨 내며

미열에 들뜬 살점들
호수에 붉게 내려서서
구름 사이 걸어간다

강과 포크레인

그때 나는 강가에 서 있었다
강바닥에는 자갈들이 새알 같은 몸을 포개고 있었다
미루나무가 바람에 흔들리며 자갈을 쓰다듬고 있었다
구름이 마사지하듯 천천히 자갈을 지나가고 있었다
흰 새가 강 속에 부리를 박고 먹이를 찾고 있었다
하늘이 비취색 홑이불을 강 가득 펼쳐 깔았다

그때 나는 강가에 서 있었다
포크레인이 소리 지르며 자갈을 퍼 올렸다
미루나무 허리도 퍼 올렸다
구름을 힘겹게 떠 올렸다
흰 새가 급히 깃을 치며 강물을 차고 올랐다
포크레인이 강바닥을 쓸어 올릴 때마다 홑이불은 찢어졌다
찢어진 구멍으로 황토색 피가 쏟아져 강의 발목을 적셨다

그때 나는 강가에 서 있었다

녹슨 쇠뭉치 하나가 풀숲에 엎어져 있는 것을 보았다
허리 부러진 미루나무가 찢어진 홑이불에 걸쳐져 있었다
찢어진 홑이불 속에 흰 구름이 갇혀 있었다
새들은 공중에서만 빙빙 돌았다
자갈들은 강물을 줄줄 게워내며 차를 타고 멀리 떠났다

강은 말이 없었다

눈 오는 날의 斷想

눈송이들이 날리며 누울 곳을 찾아 몸짓을 하고 있다
난알에서부터 목화 송이에 이르기까지
회색빛 허공을 가득 채운 삶들이
아랫목을 찾아 여행의 노독을 풀고 싶은 것이리라

나는 자꾸만 그들이 찾아 쉬려 하는 곳을 눈에 외등을 켜고 찾고 있다
매트리스처럼 포근한 안식처가 아닌 듯한 곳으로도
시나브로 몸을 날려보는 그들이 안쓰러워
창 밖으로 눈을 떼지 못 한 채 서성이고 있다

전선에 두껍게 내려앉으려다 헛짚은 판단에 떨어져 우는 삶이 있고
앙상한 나뭇가지에 내려앉으려다 낭떠러지로 구르는 삶도 있어
몸을 조금만 틀면 사철나무 잎에서 쉴 텐데
몸을 틀지 않으려는 그 결곡함이 출렁 내 가슴에 물결을 이룬다

측백나무에 앉으려던 푸른 기상의 눈발들이
검은 웅덩이 속에도 떨어져 몸 바꾸는 체념이 있어
웅덩이 수위는 점점 불어나는데
내세를 쟁여 넣은 눈송이 한 점 또 한 점
인연 찾아 분분히 날리고

江陵

江과 陵이 어우러진 이름
가만히 불러보면
입 속을 질펀히 흘러내리는 남대천
성산면 보광리 목울대 넘어서고
솔숲 우거진 남산 휘돌아 하구에 서면
혓바늘처럼 까칠한 갯바위 사이사이
물떼새 발 담갔다 차오른다
반짝반짝 새의 발끝에서 튀어 오르는 햇살들이
식도를 타고 안목에 다다라 하얗게 종아리 걷어 올리면

횟집에 다닥다닥 붙은 수족관 동해바다 한 자락 칼로 쓱싹 베어다 쏟아 놓은 곳 도다리 우럭 오징어 가자미 낙지 멍게 스펙트럼을 통과한 환한 바다 속 나를 바짝 당겨 넣네요

江과 陵이 어우러진 이름
가만히 불러보면
입천장에 가득 찬 대관령 능선 따라

산이 산을 안고 또 산이 산을 안고
심장처럼 펄럭이는 나뭇잎 비벼대는 소리
초록물 내장에 콸콸 쏟아 붓는 소리
동공까지 초록 물에 담갔다 뜨면
바람 속에 실려 온 산소 깔끔하게 목울대 넘어간다
산복도로 굽이굽이 돌아가면

오색 애드벌룬 아래 떠 있는 경포 호수 구름같이 핀 벚꽃들 낭자한 웃음소리에 디카폰 속으로 찰칵 빨려 들어가는 호수엔 햇살이 재잘거리며 모였다 흩어지고 나를 끝없이 호반 도로로 밀고 가는 대관령 바람이 서늘하네요

우리들 몸 속으로 해가 지고 달이 뜨고 달이 지고 해가 뜨는 천만년의 江陵

더위사냥*

오늘도 내일도
열대야라네, 바글바글
방죽의 어딜 가나
발끝에 차이는 껍질
길쭉하고 납작하고 가볍고 썩지 않고 두 눈 파랗게 뜨고 풀잎에 몸 비비고
볼록렌즈를 대고 보니 컬러로 잘 보이네요.

까서 밀어 먹으라는 까미로* 라니요
주물러 먹으라는 주물럭바* 라니요
뽕! 소리 나게 따 먹으라는 뽕따* 라니요
둘이 먹으라는 쌍쌍바* 라니요
줄줄이 쏟아져 밤하늘 별이 된 보석바* 라니요

이 밤
까만 하늘에 모자이크 해 붙인 보름달
전깃줄에 앉아 줄타기하며 가는 곳, 새벽녘을 향해

내일도 모래도
열대야라네, 끈적끈적
요구르트 설레임*이 튕겨져 손끝을 떠난 자리
꽃마차* 탄 개미손님들 설레어 키득거리다
고드름* 창날에 꽂힌 더위
더위여 안녕.

*빙과류 이름

분기점

눈 덮인 산을 올랐다
하얀 힘이 내 속을 차고 올랐다
떨어진 나뭇잎도 흙덩이도 돌멩이도
내 부스러기들 그대로 눈 속에 박아두고
울퉁불퉁한 그 위를 걸었다
미끌미끌 헛디딘 발 밑
얼음종이 위에서
젖은 신발은 몇 발짝 못 가고 넘어졌다
내 속에서 흙덩이 부서지는 소리가 지금지금 들렸다
잊혀진 것들이 기지개 켜고 일어서
입 속 가득 내 부스러기들을 물었다

직선거리 2470km를 날아 한반도를 찾아온 노랑발 갈매기처럼 기착지를 향해 눈 덮인 산을 오르고 또 올랐다 어느 한 점을 찾아 걸어온 길에서 돌아보면 분기점에서 솟은 길들이 아픈 생의 비밀을 안은 채 실눈을 뜨고 길게 누웠다

청솔가지에 매달렸던 눈들이 더 이상 세상에 매달리지 못하고 떨어져 쌓인다
세상에 매달리지 못하고 떨어지는 것들은 사라지는 것들이다
밟을수록 사라지는 것들의 신음소리가 산을 울린다
꺾여진 무릎 관절을 못질해 붙이고
희망도 절망도 사랑도 눈 속에 박아두고
신음소리 꾹꾹 밟으며 간다
어느덧 나를 지나간 하얀 힘은 점점 스러지고
저녁 노을을 맞아 불그레한 눈 위에서
신발끈을 고쳐 매고
어느 곳으로 가야 할지
또 다시
맞서는
분
기
점

환상수족관

잠 못 드는 밤

검푸른 수족관을 걷기 시작하면............... 부력으로 발이 둥둥 뜨기 시작하면.............. 향기꽃 화원*에서 흘러나온 꽃향기 헤엄치기 시작하면.................. 내가 어디를 찾아가는지도 모르고 대문을 수없이 열고 닫고 열고 닫기 시작하면............... 몽실통실* 영자 씨 붉은 아가미 속으로 1000cc 생맥주가 꿀꺽꿀꺽 빨려 들어가기 시작하면.............. 내 눈알엔 실핏줄이 터져 붉은 강물이 흐르고

흐르다 마주치는 밑반찬*
반찬 밑엔 뭐가 있고
반찬 위엔 뭐가 있는지
손이 닳도록 찾고 찾는
.........밑에 ....밑은 ....밑을
네온사인이 서로 스파크를 일으키는 검푸른 수족관
백미러도 없이 내가 나를 지나가는

지나가다 핫바지와 건달들*이 토해내는 돌고래 쇼가 만화처럼 갈피를 넘기기 시작하면............. 늑대&여우*가 컴퓨터 병원에 앉고 서고 서고 앉고 여우가 여우처럼 늑대의 가슴을 클릭하다 늑대의 미로를 읽고 쓴웃음 웃기 시작하면............ 고독이 키운 내 영혼의 울음소리 우우 수초들을 헤치고 귀환하려 하면............. 포남동 고샅길 따라 헤엄치던 내 지느러미가 시들기 시작하고

아무리 죽이려 해도
싱싱하게 살아나는 핏빛 눈동자
내 눈동자가 내 눈동자를 말똥말똥 쳐다보고 쳐다보는
잠 못 드는 밤

*商號

적막寂寞

적막한 날 산에 올랐다

소나무에서 떨어지는 솔방울이
수직의 적막을 만들고 있었다
굴참나무의 적막을 밟고
청설모가 가지 사이를 오르고 있었다
호주머니 속 검은 적막이
손에 잡히는 핸드폰 창에 떠 있었다

소나무 밑에는 소나무의 적막이 쌓이고
굴참나무 밑에는 굴참나무의 적막이 쌓이고
핸드폰에는 소리 없는 적막이 쌓인다

적막은 적막을 삼키고
삼킨 적막이 너무 뜨거워
울컥울컥 게워낸 붉은 적막
서쪽 하늘에 길게 펼쳐 걸고 있었다

젊은 남녀가 석양이 만든 그림자 길게 끌며 산을 내려가고 있다
남자의 그림자가 여자의 그림자에 기울어졌다
어여쁘다고 했다?
사랑한다고 했다?
산이 너무 적막하다고 했다
긴 그림자는 석양 속으로 점점 키를 줄이더니 잦아들었다

해가 진 산이 적막에 쌓여
피잉~피잉~ 바람소리를 내며
울고 있었다

산은 허공의 깊이만큼 적막하여
나는 관절을 꺾고 웅크린다
별자리 하나 적막 속에 떴다

멀고 힘든 길

누가 마당에 좁쌀 몇 알 흘린 줄 알았는데
자세히 보니 잔디에 핀 꽃이었네

작년 여름 화단 가에 꽃잔디 씨 몇 알 떨어뜨렸을 뿐인데
떨어진 자리에 앙증맞은 흰 꽃잎 꽃잎들
무수히 쏟아져 웃고 있네

우수 경칩도 엊그제
동백도 꽃망울 그냥 맺혀 있고
장미도 마른 가지 추켜들고 있는데

땅 속에서 얼음을 밟으며 명주실 같은 뿌리를 키웠을
그 끈질긴 보폭으로 쉬지 않고 길을 만들었을
꽃잔디의 작디작은 발걸음 발걸음들

화단을 지나 마당에 깔린 보도블록 사이 좁디좁은 길을
땅과 어깨 맞대고 재잘거리며 봄소풍을 나온 듯
마치 신생아가 발걸음을 떼듯

한 발 한 발 무겁게 내디디며 줄기를 밀어 올렸을 것이다
밀어 올릴 때마다 푸르게 푸르게 길이 솟았을 것이다
길이 솟으며 좁쌀알 같은 봄 햇살을 받아먹었을 것이다

봄 햇살을 받아먹은 기억으로 폭우가 쏟아지고 눈보라가 몰아쳐도
보도블록 사이에서 하얗게 웃으며 견딘 것이다
앞마당을 점령하고 뒤뜰로 진군하는 멀고 힘든 길

밟아도 밟아도 죽지 않는
황산벌 계백의 기상 같은
쪼그리고 앉은 내 발에도 꽃잔디 싹이 파랗게 돋을 것 같은

신호등 그 깊고 푸른빛

8월의 한낮
나는 왜 길 위에 서 있는가 여름날의 아스팔트여 내 발은 샌들 속에서 딸기 시럽처럼 익어가고 있다 길은 끝이 없어 지루하고 내딛는 발과 발의 간격은 점점 멀어져 무릎 관절이 꺾여질 때 그 옛날 자작나무 숲에서 보았던 깊고 푸른 별처럼 저곳에 푸른 신호등이 길을 넓혀 강물처럼 흘러가고 있는 곳 내가 달려가고 싶었던 곳

그 자작나무 숲 흙냄새 속에서 아스팔트까지 곧장 걸어왔던 것은 아닌데 35° 태양열을 삼킨 아스팔트가 검은 진드기처럼 끈적끈적 딸기 시럽을 얹은 내 발바닥을 붙여놓는다 삶의 산막 같은 몸뚱어리 저으며 닿고 싶은 곳이었는데 돌아갈 수 없는 지금 달려가기에는 너무 늦은 시간 그 자작나무 숲의 푸른 별 지금은 내가 닿을 수 없는 곳

달려가려 해도 달려갈 수 없는 곳은 이미 떠나가 버린 것 오늘 딸기 시럽 같은 내 붉은 발을 아스팔트가 흐믈흐믈 삼키네 반짝이는 푸른 신호등이 푸른 별이네 그 빛을

찾아갈수록 길은 죽죽 늘어나고 그러나 달려갈수록 강가에 핀 달개비 꽃잎 속처럼 서러움 같은 그 깊고 푸른 빛

초록 물고기의 도미노 현상

바람이 가득 찬 초록 숲에 섰다

좌르르 좌르르
해일이 밀려오는 소리
숲을 가득 채운 초록 물고기 떼가
높은 파도를 따라
이리저리 끌려간다

어느 바다 속 깊은 자궁이 끝없이 산란하는지
숲에서는 부레가 탱탱한
초록 물고기를 마구 쏟아내고
바람은 물고기를 몰아
구름 속을 날아오른다

일순 해일에 밀린 물고기 한 마리가
몸을 눕히자
와르르 와르르 숲이 쓰러지는 초록의 반란
물고기들은 부레에 가득 찬 공기를 토하느라

허겁지겁 몸통을 뒤집는다

그때 햇빛이 초록 등짝에 찢어 붙이는 금전 조각들
쳐다보는 내 검은 동자에 깊숙이 박힌
번쩍이는 황금빛 창날이
눈을 감기고
어둠을 끌어들인다

나뭇잎의 추락으로 해일은 멈추고
땅 위에는 흩어진 초록 물고기들이
공기가 빠져나가 납작해진 부레로
금전 조각을 떨어뜨린 채
엎드려

숨을 할딱이고 있다

아 웃고 있어도 눈물이 난다*

들판을 발목이 시도록 걷는데
반짝 빛나는 것이 있어 찾아갔더니 깨진 거울이 풀숲에 숨어 햇빛을 마구 뱉어 내고 있네요

깨진 거울 속에는
투명한 맨살의 하늘이 파랗게 조각나 있고 부서지는 얼음처럼 구름덩이들이 흩어지며 가벼운 집을 짓네요

구름 사이로
하얗게 분칠한 낮달이 부서진 얼굴을 언뜻언뜻 보이는데
거울이 품은 수없이 많은 빗금 속에서 깨진 바람이 쏟아져 머리 풀고 들판 가득 만발하네요

그 속으로
공중 높이 선회하는 여객기 동체에 가로세로 금이 죽죽 지나가자 후미에서 쏟아지는 흰 연기 새털구름을 달고 추락하기 일보 직전이네요

모든 사물들이 이곳에 들어서면 몸은 부서지고 향기는 날아가네요

깨진 거울 속으로 바짝 다가가 얼굴을 비춰 보면
모자이크처럼 조각조각 이어 붙인 내 얼굴이 보이고
웃을수록 비뚤비뚤 모자이크가 모여 울고 있는 얼굴이 있고
울수록 히쭉히쭉 모자이크가 흩어져 웃고 있는 얼굴이 있어

빗금 가득 찬 한 세상 깨진 거울 속에 살다보면
마음의 골짜기에서 흘러나온 웃음과 울음이 합수되어 흘러가는 것은 아닌지
내 얼굴을 더듬으며 노래를 흥얼거리네요
아 웃고 있어도 눈물이 난다

*조용필의 노래 〈그 겨울의 찻집〉에서 차용

총구는 무엇엔가 조준되어 있다

옥천동 오거리 중앙극장 앞
빗물로 닦아 번들거리는 아스팔트 위에
제임스 본드가 누워 있다
총을 든 그의 어깨는 빗줄기보다 단단하고
꿈틀거리는 근육은 질기고 끈끈하다
빌딩 속 한 뼘 하늘이 구름과 함께 빗줄기로 몸 바꾸면
빽빽이 쏟아지는 은빛 바늘 속을 빠져가는 사람들
　킹사이즈 검은 구두가 그의 다리를 밟고 간다
　미니스커트 하이힐이 그의 심장을 밟고 간다
　재잘대는 붉은 입술이 그의 얼굴을 밟고 간다
밟을 때마다 그의 몸에는 잔잔한 파문이 인다
파문은 그의 영혼의 날개 같은 것이어서
총을 든 그의 가슴을 얼마나 두근거리게 만드는지
밟고 가는 그들을 이윽히 바라보던 그가
갑자기 불어오는 바람에 새처럼 몸을 날려
은행나무 가로수에 거꾸로 섰다
가히 제임스 본드다
그래도 총구는 무엇엔가 조준되어 있다

거꾸로 보는 세상은 토끼처럼 어여뻐
　거꾸로 매달린 그의 머리카락이 빗물에 줄줄 흘러내리는데
　거꾸로 뒤집힌 양복 호주머니에서 빗물이 줄줄 흘러내리는데
　흘러내리다 흘러내리다 흘러내릴 것이 없는데
건너편 전자상가 옥상에 띄운 토끼 애드벌룬
거꾸로 쳐다보는 그의 눈 속에서 크게 흔들린다
흔들리는 애드벌룬 따라 깡충 뛰고 껑충 넘다
은행나무 가지에 꽂혀 위로 꺾인 팔
그래도 총구는 무엇엔가 조준되어 있다
일그러진 표정으로
허공에서 쏟아지는 빗물을 하염없이
총구에 장전하고 있는
그가

내게 휘어져 오는 오늘
난 007 본드걸이다

오리

얼음 강 위에
오리도 춥다
밀려오는 한기에
젖지 않으려
붉은 장화를 신고
발걸음을
완벽하게
촘촘히 낳는다
식지 않으려는
몸의 욕망으로
발갛게 달아오른
필라멘트 발가락
생의 가장자리인 듯
얼음 속에
내려앉은
구름을 쪼아보다
해송에 걸린 해가
강 허리에

내려앉으면
고향인 양
날개 접고
무연히
노을 속에 잠기는
허기진
붉은 장화는
슬프다
지난 시간
거센 물살 거슬러
오른다 올라도
떨어질 줄 모르는
붉은 네트워크
발가락과 발가락
사이
사이

바람이 사는 집

길 건너 조립식 건물에 세 들었던 중고점이 이사 가고
휘청거리는 가을바람이 창을 타 넘어 무단 입주하고
넓고 낮은 창으로 안이 환하고 환하네

낡은 소파에는 바람이 앉았다 가면서 너덜거리는 레자 조각들을 흔들고
흔들다 액자를 건드려 모딜리아니의 긴 목이 옆으로 쓰러지고
쓰러지다 생각에 잠긴 머리를 지탱하느라 삐거덕거리고
삐거덕거리다 밥알 몇 개 말라붙은 개밥그릇 떼구르르 굴리고
구르다 건들거리는 옷걸이에 걸려 함께 드러눕고
드러눕다 벽을 타고 돌며 벽지를 뜯어먹고 있는
팔방이 투명한 바람 속에 잠긴 집을 보네

버린 것 중에서도 버려진 것들의 불평이 수군거리며 날아다니는 집

세입자의 마음 휘저어 발걸음에 제동을 거는 집

그러나 영원히 버려질 것이 두려워 매일 알림방에 올라 있는 집

제3부

소풍

이 봄날
어느 서가에서 소풍 나왔을까
전신주 밑에 오도카니 앉아 있는 [현대인의 생활]을 본다
어디선가 머리카락 휘날리며 달려온 바람 한 줄기에
비수 같은 종잇장들이 하르르 넘어가고
[현대인의 생활]이 보도블록으로 넘어간다

넘어가는 책갈피 속에 수많은 말의 창槍이 꽂혀 있다
머리가 까만 새떼들이 우르르 몰려들어 쪼아 먹다
말의 槍에 꽂혀 비상하며
허공 속에서 뱉어내는 이물질

인터넷 문자메시지 줄기세포 인공수정 성형수술
팬션 로봇 폭탄주 마약 노인자살 고층빌딩

[현대인의 생활]은 민들레 홀씨처럼 횡단보도로 날아가고

급정거하는 차바퀴에 깔려 전 생애를 횡단보도에 눕히고
비수 같은 책장에 베어 버린
번들거리는 말의 槍에 꽂혀 버린
나는 마침내 땅거미 내리는 내 시간 속을 가로질러 간다

소풍은 끝났다

어떤 웃음

포남파출소 게시판 앞을 지나는
순간, 그의 눈과 내 눈이 마주쳤네
문신처럼 가슴에 찍힌

<table><tr><td>수배 중
김 00
강도상해 나이35세 키1m72cm
마르고 긴 얼굴 체구 왜소함</td></tr></table>

짙은 눈썹 아래 희미한 웃음 먹은 실눈이 나를 불러 세웠네
누구에게 던진 칼날이 부메랑으로 돌아왔을까

검은 안경테가 동그랗게 가두고 있는 렌즈 속에는
아들 식기에 따뜻한 밥을 고봉으로 퍼 담는 어머니의 굽은 등이 보이고
치자꽃 색깔 웨딩드레스의 신부가 보이고
젖을 빨다 까르르 웃는 볼 붉은 아기가 보이고
마음의 골 깊은 행간에 하염없이 내리는 는개가 보이네

어느 비 오는 날
빗물에 젖은 게시판을 보는
순간, 웃음 띤 그의 눈에선 하염없이 눈물이 흘러
가슴의 문신을 씻어 내리고 있었네

어머니의 고봉밥이
치자꽃 색깔 웨딩드레스가
볼 붉은 아기의 웃음소리가
풀잎 되어 빗물에 떠내려가네
꽃잎 되어 눈물에 떠내려가네

땅에 스민 시간

장 담그는 날 단지는
캄캄한 간장의 시간을 우려내려 가슴 속에
맑은 물을 가득 채웠다 누군가
물 속에 자리를 펴고 기다리는
시간이 있었기에
매화꽃잎이 그리는 물의 파장이 둥근
시간을 만들고
몽골에서 눈썹 휘날리며 달려온 황사 알갱이들이 누렇게 몸 푸는 시간이 있고
검은 하늘을 비질한 바람이 별들을 쓸어 담아놓은 반짝이는 시간이 있고
새쭉한 초승달이 생각하고 생각한 끝에 사랑과 타협하려는 시간도 있다
추상화 한 점으로 단지 속에 잠겨 있는 시간들
할머니의 넋두리가 허공으로 퍼지다 독에 떨어져 가라앉는 시간
장맛을 보려고 이승을 달려온 어머니의 검지가 빠져 있는 시간

갈퀴를 세운 시간들이 가슴에 콱 박혀 단지 속마음을 가늠해 보는데

쓸쓸하게 삼킨 시간들이 발효될 지음
가슴 벽에 붙은 별들을 퍼내고
부유하는 꽃잎을 퍼내고
사랑에 멍든 초승달을 퍼내고
황사의 휘날리는 눈썹을 퍼내고
할머니의 넋두리를 퍼내고
장맛을 본 어머니의 검지를 깊이 건져 올려
땅에 쏟아낸다

묵묵히 받아낸 땅의 침묵 속에서 몸 바꾼 시간들이 속 다 퍼낸 단지 속처럼 내 몸 속을 바람소리 윙윙 울리며 날아다닌다

꽃은 피고지고

어느 봄날 벚나무 아래 섰습니다

꽃 핀 가지 옆에
꽃 진 가지
가지런합니다

공원을 한 바퀴 돌아와 보니
핀 꽃 몇 송이 떨어지고
꽃망울 몇 개 활짝 피었습니다

꽃 핀 가지 옆에
꽃 진 가지
한 몸에서 솟았습니다

꽃은
  피고
    지고
       꽃은

지고
피고

한번 떨어진 목숨 발밑에 쌓여 어디론가 날아갑니다

피고 지는 경계 서늘하여
나는 오래 그곳에 선 채 꽃잎이 가는 곳을 향하고

나는 여자이니까

오늘은 일요일
잠이 뚝뚝 떨어지는 날
그와의 약속 시간이 가까웠으므로
퀵서비스맨 번개 씨 오토바이에 올라탔지
그의 푸른 헬멧과 내 빨간 헬멧이 공중 뜨는 순간
그의 검은 바지와 내 흰 치마가 회색빛 눈보라를 날렸어
내 붉은 매니큐어 손톱 번개 씨 허리를 꽉 잡고 또 잡고
내 헬멧 밑의 수수 빗자루 머리카락 허공을 힘껏 쓸었지
타이어가 다져 놓은 아스팔트의 단단한 육질이
속도에 못 이겨 뒤로 뒤로 검은 줄 길게 그었지

그를 향해 달리는 내 사랑 가로수를 一자로 쓰러뜨리며
사랑해~ 사랑해~ 사랑해~~~ 해랑사~
칼로 바람을 가르는 소리 없는 흐느낌이
추억의 머플러 속에서 비명을 지르며 날개를 퍼덕였지
속도의 질긴 몸통은 종점을 향해 지칠 줄 모르고
빌딩 유리창을 쏴 맞힌 한낮의 햇살이 부서져 내렸어
쏟아지는 무지갯빛 스팽글

오 솔레미오*
너 참 아름답다
내 속눈썹 번개 씨 점퍼 등에 초승달 2개 오롯이 그렸지
시간은 시간을 꽉 물었지…… 놓지 않았지…… 그냥 달렸지……

찰칵 켜진 TV 화면 한 컷
지중해 빛 히아신스 한 다발 가슴에 꽂고
번개 씨 닮은 그가 스타벅스 앞에 서 있었지
나는 서둘러 발효된 내 사랑 둥글게 휘어잡아
빠져나간 몸통을 옷 속에 넣고
날아간 머리카락 주워다 머리에 꽂고
비명으로 뒤틀렸던 입가엔 살포시 미소를 걸치고
그에게로 향했어
한발 한발 한발
나는 여자이니까

*이탈리아의 가곡 중에서

맑은 잎새달

보궁 달력에는
4월을 "맑은 잎새달"이라네

"맑은 잎새" 입 속에 넣고 굴려 보면
연초록 풀잎이 부드럽게 입천장을 스치며
이슬 맺히는 소리로 들리다가
부풀어 오른 햇살이 은갈치처럼 파닥이며
잎맥에 피톨 돌리는 모터 소리다가
"맑은 잎새" 다시 뇌어 보면
다문 입술 길게 물뱀처럼 물려 오다가
오대산 구릉을 구르는 독경 소리다가
잎의 사이사이 엎드린 돌들의 침묵을 벗어 내리는 물살이다가
천년 이끼의 푸른 상처까지 볼 수 있는 마음의 숨겨진 소리다가

점점 아름다워지는 분홍색 물줄기
꽃잎이 자기의 살점 뜯어 날려 공양하고

오체투지하며 물살에 실려 가는 그 환한 적멸의 소리

"맑은" 과 "잎새"가 포개져
내게 말을 걸어오면
몸 속에 수분들이 파문을 일으키며
살 속을 맴도는 붉은 숨소리다가
저 초록이 더 짙어지기 전에
내가 그곳에 손을 대자
손가락 끝에 맑고 푸른 잎새들이 돋아나고
난 4월에 업혀 몸 속에서 퉁탕거리는 물관 소리에 귀 기울이네

서진이 1

— 6개월째

요술공주 밍키가 요술봉을 그어 만든 나무 한 그루
어린 하늘이 내려와 방안 가득 배냇짓하며 놀고 있어요

동그란 눈동자 속에 가득 찬 별들이 생의 비밀을 안고
반짝반짝 우주를 만들었어요

연초록 햇빛이 나뭇잎에 부서지는 소리
팔랑팔랑 작은 손 나뭇잎 되어 스팽글처럼 나부껴요

여린 마음 다하여 벙긋벙긋 꽃잎 벙글어
입안 가득 투명한 연분홍 꽃물 터질 듯 물었어요

활짝 핀 꽃잎 속 젖니 2대
까르르 까르르 차돌같이 반짝이는 웃음소리 쏟아져요

세상을 기어오르려 엄지발가락 방에 대고 용을 쓸 때마다
지층 깊이깊이 실뿌리 벋어나가요— 벋어나가요—

서진이 2

— 따라왔다

서진이가 현관에서 손 흔들며 까르르 웃었다
엘리베이터 속으로 웃음소리가 따라왔다
304호에서부터
304번 까르르까르르 따라왔다
앞니 4대도 같이 왔다

"윙크" 하면 양쪽 눈을 살짝 감았다 뜬다
"윙크"가 뚜레쥬르까지 따라와 케익 속에 앉았다
"윙크"가 보문시장 사람들 사이에서 길을 잃었다
지하철을 탄 내 눈 속에
"윙크"가 따라와 반짝인다

햇고사리 대궁 2개가 짝짜꿍을 친다
칠 때마다 동그란 눈 속에 짝짜꿍별이 뜬다
샛별 2개가 짝짜꿍 치며 강릉행 버스에 앉았다

스치는 차창에 벚꽃이 까르르까르르 날린다
강물은 "윙크" "윙크" 자맥질하며 흐른다

산등성이에 별 2개가 짝짜꿍짝짜꿍 떴다

강릉까지 따라온 것들이 대문을 지나 내 속에 갇혔다

서진이 3

— 달개비꽃

달달 달개비꽃 따라갔지
둥글고 뽀얀 낮달을 이고
조가비 같은 걸음마 옮겨 놓았지
달개비꽃 따라 걷는 발밑에
달개비꽃 뿌리
하얗게 내렸지
무성하게 내렸지
순간순간 서고 싶어 멈칫거렸지만
달달 달개비꽃 따라갔지
파랗게 어른거리는 달개비 꽃무리
달의 인력에 못 이겨
돌잡이 운동화 뒤뚱뒤뚱 엮으며 갔지
결국 꽃 가까이 손 내밀어 잡으려는 순간
북한산 바람에 날리는
달개비 꽃물결
바람의 파장에 흔들리는 너 하지만
서진이 발밑에 달개비꽃 뿌리
동아줄처럼 내리겠지

깊이깊이 내리겠지
꽃물결 속에 운동화는 점점 커지겠지
달개비꽃은 더욱 깊은 바람에 흔들리겠지

북한산 수풀 속 달개비꽃 별처럼 돋아나는 그런 여름이었지

2006년 9월 23일

빨간 잠자리 한 마리 백일홍 가지에 앉아 있는
단 한 마리가 조용히 한 곳을 응시하고 있는

방죽의 코스모스가 훌라후프 돌리고 있는
돌리다 더욱 깊어진 강물에 몸 던지고 있는

하늘 높이 흘러가는 하얀 실개천
구름덩이 채로 친 것 같은

명징明澄한 햇살의 파편들이
오솔길에 차돌 씻어 놓은 것 같은

가을이 몰고 오는 소슬바람 세포 사이사이
헤집어 드는 것 같은

옥양목 한 필 널어 바래인 가슴 속
희다 못해 하늘빛 닮은 것 같은

가득 찬 것이 속에서 몽땅 빠져 날아가고
텅 빈 항아리 속 같은

……있는 ……같은 것들이 기다릴 수 없어
밖에서 안으로
밀고 밀리며
항아리 속을 점점 차오르는

쓸쓸한 기억의 집을 찾아 맨발로 나선
오늘은 2006년 9월 23일 秋分이라네

입 속의 꽃

어금니가 빠졌어
가슴에 구멍 뚫리는 날이 있다

내가 더 아껴도 좋았을 어금니
이 없으면 잇몸으로 살지 하던 그 어금니가
소나기 뚝 그치듯 사라졌어

울컥 고이는 핏물을 통증에 섞어 삼키며 거울을 들어 입 속을 본다
살 오른 잇몸은 흡사
마당에 흐드러진 영산홍 꽃잎 같아

꽃잎 주위에 머뭇거리던 시간은 사라지고
뿌리 뽑힌 웅덩이 속의 고요가
우두망찰하니 목구멍 속 검은 허공을 보고 있어

"잘 가거라 대지의 어느 곳에 잠들 것인지
내 것이 아닌 내 것아"

희미한 바람의 소용돌이가 꽃잎 주위를 돌고 돌아
언어를 불러들이면
어금니에 부딪쳐 공명을 일으키던 말들은
공터를 지나 그냥 흩어졌어

"어디로 가 모여 살 것인지
바람이 된 덧없는 내 말들아"

나는 바람이 지나간 공터의 고요를 부드럽게 혀끝으로
문지른다
어금니와 나 사이 간격이 좁혀지도록
그러다 어느 봄날

뿌리 뽑힌 어금니가
불현듯 새순 돋듯 영산홍 꽃잎 속에서 말없이
돋아날 것 같아

발굴

철로변/ 천만년을 살았을 흙무덤이/ 삽날에 꽂혀 속을 드러냈다/ 서리 맺혀 단단한 살덩이/ 그 속에 갇혀 있었을/ 잡초의 뿌리가/ 부신 햇살에/ 흰 이를 드러내고 있다/ 순간/ 지난해에 이장했던 아버지/ 봉분을 헤치자/ 갑자기 들이친 빛줄기마다/ 딱딱한 生의 뼈마디가/ 실눈을 뜨고 핏기 없이 엎드려 있었다/ 매끈하게 흘러내리던/ 어머니의 눈물방울들은/ 부장품이 되어/ 눈물이 살을 먹고/ 살이 눈물을 먹고/ 흙으로 몸 바꿔버린/ 내 과거의 인연이/ 진한 노을 속/ 기적 소리로 잦아들 때/ 모자를 눌러쓴 아버지의 실루엣이/ 덜커덕/ 레일에 깔려/ 지나가고 있었다

국수를 밀던 언니를 위한 노래

봉숭아꽃이랑 과꽃이 핀 마당은 항상 비질 자국이 푸르고
꽃잎 뜯어 손톱에 꼭두서니 빛 물을 들였어

미와 파 음이 고장 난 오르간은 페달을 밟을 때마다
녹슨 소리로 흘러간 노래를 울어 젖혔어

언니는 마루에 앉아 국수를 하려고 밀가루 반죽을 하고
노란 양푼에 밀가루는 귀밑머리 날리는 언니 목덜미 같았어

노을이 자욱한 마당 한쪽에선
국수 삶을 검은 솥에 장작불을 당겼지

떠나간 첫사랑에 멍들어 가슴 앓는 언니가 구름과 달을 불러들였어
달이 빠진 검은 솥에 눈물이 별처럼 떨어졌어

마지막 버스는 서둘러 떠나고 시계는 초침 소리를 거

두었어
　꽉두서니 빛을 칠한 손톱들이 다투어 건반 위로 미끄러졌어
　낡은 오르간은 새끼 잃은 고양이처럼 목이 쉬도록 울었지

　비 뿌린 마당엔 멀리 떠나고 싶어 몸부림치는 새떼들이
　깃털을 즐비하게 벗어놓고 들메끈을 하고 있었어

　삐걱삐걱 울리는 오르간 소리 철컥철컥 퍼 올리는 펌프 소리
　햇볕을 가리는 구름과 함께 새의 꼬리에 붙어 따라가고

　국수 반죽은 다되어 죽죽 늘어나는데 여름날 생선살처럼 뭉그러지는데
　마당에서 끓이는 국숫물은 불이 꺼져도 혼자 춤을 추는데

　눈처럼 하얀 국수를 밀던 언니는 영영 떠나가 버리는데

길

— 회전문 속에서

그리하여 회전문 속에 갇혔다
흘러내리는 스타킹을 올리려는데
훌쩍 돌아가는 회전문
너는 회전문 속에서 돌고 있는 것도
길이라는 것을 말한 적이 있었지
나는 쉬지 않고 이렇게 시계바늘처럼 돌고 있는 문이
마음에 들고 어느 칸으로 승차하든지 즉시 길을 만들어 주는
거대한 유리문의 자전이 마음에 든다 어리둥절하는 사이
시간은 죽거나 길에 눕고 기회를 포착하면 다른 길로 나갈 수 있다는 것을
너는 내게 말해 준다
회전문 밖에는 그들의 길로 사람들이 일렁이며
파도타기를 하고 플라타너스 가로수는 자신의 손바닥 같은 잎을
바람에 날려 보낸다
길 위에서 또 다른 길을 찾아 갈망하듯
회전문 속에서의 탈출은 멀게만 느껴진다

어떤 예측할 수 없는 일이 벌어져도
몸통을 굴려 길을 만들고 길로 이어진다
그러나 서서히 다가오는 낙조처럼
힘차게 달리던 속도는 줄어들고
플라타너스 잎들은 운명처럼 땅 위로 몸을 눕힌다
너는 회전문 속 수없이 돌고 도는 길 위에서
자유롭게 탈출하여 돌아올 수 없을 것이라고 내게 말해 준다
나는 아직 오지 않는 11월의 달력을 넘기고 있는 너의 뒷모습에서
낙조에 흔들리는 잎사귀들의 서걱거리는 만가輓歌를 들어본다
보이지 않는 길을 찾아
하늘을 열어보면 수많은 깃털이 만든 길이 있고
수평선을 들어보면 지느러미들이 만든 길이 푸르게 출렁인다고
너는 내게 속삭이고

나무 숟가락

아픈 어깨를 위하여
나무 숟가락의 가볍디가벼운 무게를 들어본다

목공이 나무의 속살을 깎고 다듬어 숟가락을 만들고 유약을 발랐을— 그 은은한 무광택 속에 폭풍우와 눈보라에 맞서 나이테를 키워 왔을— 뿌리의 뜨거운 피가 숟가락 표면에 잔잔한 문양을 만들었을— 그 가볍디가벼운 무게를 찾아가면 가장 안에서부터 밖으로 둥글게 먼 길을 돌아왔을— 나무의 몸피 속에서 솟은 가지와 거기에 매달린 푸른 이파리들이 출렁출렁 희망으로 나부꼈을— 깊은 들숨으로 멈춘 나무의 희망이 붉게 달아오른 가마 속에서 애써 속엣 것을 다 비우고 담금질하여 가볍디가벼운 몸으로 환생했을—

숟가락을 위해 순절한 나무의 바코드가 지금 숟가락을 쥔 내 손바닥으로 전류처럼 뜨뜻하게 전해져
그 가볍디가벼운 무게로 밥을 푸자 갑자기 뭉게구름 희뿌연 김이 내 오십견을 지나 노을 진 목구멍 속으로 찝찔한 생명을 불어넣고 있다

소나무

공중에서
섬광처럼 휘돌던 검객의 칼이
소나무를 내리쳤다
나무는 바람을 다 마시지 못하는 대신
한쪽 가지를 바람에게 내주었다
단번에 쭉— 찢어지는
생가지의 속살은
숫눈처럼 눈부시다

찢어진 가지를 움켜잡은 나무는
불거진 긴 흉터를 품고 있다
흉터를 품은 소나무는 산비탈 벚나무 숲에 서 있다
아물지도 도망가지도 못한 흉터를
제 안으로 삭이고 삭이느라
단단히 여문 고통을 뭉쳐 가슴에 새긴
저 소나무는
잎이 더 푸르다

제4부

썩는다는 것의 오해

눈발이 날린다

눈발은 전신이 순백의 날개다

날개의 뿌리를 찾아 空中을 쳐다본다 칙칙한 회색의 空中이 차츰 검게 썩어간다 썩으면 썩을수록 空中이 잉태한 날개의 부피는 크다 썩은 것들이 비상의 시간을 견디지 못해 산란한 순백의 날개가 수많은 깃을 퍼덕이며 낯선 공간 속으로 낙하한다

눈발이 날린다

길가에 흩어진 연탄가루가 눈발을 잡아당긴다 당기면 불현듯 와 닿는 생이 있다 잡힌 눈발들이 연탄가루 위에 겹겹이 날개를 접는다 날개를 접은 순백의 속살들이 빙점을 견디며 검게 썩어간다 스멀스멀 경계를 넘어 날개 잃은 눈발이 미래의 출구를 찾아 검게 썩은 물줄기를 만든다

뼈 vs 버드나무

봄이 와서 잎이 피었으므로 잎이 피는 소리가 낭랑했으므로

초당 연초록 수목 사이 골다공증 깊은 내 뼈를 짚고 소풍 간다
제 몸의 한쪽이 폐허가 되는 줄도 모르고
저 버드나무
한 쪽으로 키운 푸른 잎이 샛강에 머리 적시고 있다

봄 타는 내가 뼈를 줄줄 흘리고 왔으므로
흘린 뼈가 길을 다지다 지쳐 있으므로
남은 뼈가 생을 일문일답하듯 덜그럭거리며
얼마 남지 않은 내 길을 걸어가고 있으므로

뼈가 삭아 내려앉은
저 버드나무
평온한 검은 구멍 속으로
한 마리 멧새가 찾아들어 뭔가 부리에 물고 나온다

퍼덕이는 날갯죽지
그때
새의 눈이
반짝
켜졌다

한쪽으로만 살아 숨쉬는 버드나무의 흘러내린 아픈 시간이 썩은 폐허 속에서 새의 먹이를 키워내는데 푸른 잎 하나 달지 못하고 줄줄 흘린 내 뼈는 새의 눈빛 하나 켜 주지 못하므로

그 구멍 속으로
봄바람이 지나가고
여름 소나기 빠져가고
가을바람 가득 차면
점점 넓어지는 구멍 속
새가 날아간 허공 속 상처만 구멍 속에 내려앉고

쇠파이프 그는

방바닥에 몸을 길게 누인 쇠파이프 그는
콘크리트 살점을 헤치는 드릴의 비명소리에 놀라 내장을 전부 드러낸 그는
굵은 쇠관이 몸을 틀어 마디마디 꽉 잡은 그는
끊임없이 흘렀을 피의 순환을 위하여 살아온 그는
자갈을 깔고 누워 질기게 견딘 날들이 있기에

그는 수많은 물탱크의 물을 길어 올리는 동안 온몸을 달구던 열정이 넘친 자리마다 나무뿌리의 온기와 바위의 부드러운 살갗을 스치며 흐르던 기억을 잊을 수 없어 밖으로 향하려는 간절한 마음이 혈관을 뚫고 벌겋게 녹슨 눈물 자국으로 남아 지워지지 않았기에

눈물자국을 봉인한 그의 핏줄 위에는 매일 펼쳤다 접었다 하던 내 삶이 있어
그의 핏줄에 내 핏줄을 대고 누우면 밤새워 등을 적셔오던 자장가 물결소리
그의 물결은 내 체온을 삼키고 전신을 돌아 마디를 박

차고 아득한 절벽을 뛰어내려 내 체온을 전할 것이라는데
여태 내가 가보지 못한 곳에 이르기까지
하루 이틀 사흘 나흘 ....

숨

숨을 깊이 쉬면서 나무 사이를 걷다 보면
몸 안에 차오르는 파란 공기 보여요
보이는 길 따라가면 내장 바닥에 물컹하게 잡히는 생명이 있어요
오염을 벗어나려 키를 높여 보세요
시행착오에 익숙한 삶을 날숨으로 뱉으면
탄소동화작용으로 파란 공기와의 간격은 좁아지고
나무들과 진지한 대화도 나눌 수 있어요
그때 당신의 호흡이 나무의 심장을 돌려
잎은 퍼렇게 고공행진 할지도
혹은 가지를 뻗어 구름을 찌를지도 몰라요
구름을 찌를 듯이 살고 싶다고요
숨을 잠깐 멈추고 나무 사이를 걷다 보면
내장 깊은 바닥에 죽음의 비린내 풀풀 풍길 때도 있어요
걷고 걷다 숨이 턱턱 막히고
명치 끝이 뜨거워지면
죽음의 손이 오염에 잠긴 내장을 씻고 있기 때문이에요
그저 저 수미산을 향해 오체투지 하듯

숨도 마음을 다해 쉬세요

부세 같은 세상 다만
비와 눈과 바람 속에서도
시간의 흐름을 묵묵히 몸으로 연출하는
붙박이 나무가 되지 않을래요

풍장風葬

바람 부는 날 마당에 서서
하늘 보고 땅 보고
하늘 보고 땅 보는 순간
흰 날개를 반듯하게 펴고 누운 쓸쓸한 나비의 시신이 눈에 띄네
햇살이 꽂히는 마당에는
모든 사물들이 사위어 하얗게 솟아오르고
무너져 내린 시간들이 망사 호청같이 얇고 가벼운 그림자들로
날개는 추상화 한 폭이 되어 마당에 걸리는데
그 사이에 낀 빛살이 자막처럼 눈 뜨고
바람을 불러 모으네
살맛을 본 바람의 혀가
나비의 눈과
　　더듬이와
　　날개를 뜯어 물고
황천강을 건너는데

나비 날개에 별처럼 멍든 작은 별무늬 날개에 새겨넣기까지 몸 속의 바람 한 움큼으로 생을 지탱했을 그의 가벼운 육신을 생각하다 나도 별 하나 잉태하면 가슴에 품은 바람 한 줄기 별빛처럼 윤기 나게 흘렀을까

하늘 보고 땅 보고
하늘 보고 땅 보는데
하얗게 여윈 내 몸이 서쪽으로 기우뚱 넘어졌던가
여름날 양철지붕처럼 조갈燥渴난 바람이
내 눈을 먹고
　코를 먹고
　팔다리를 먹고
나를 속속들이 헤집어 들고
호박잎을 출렁출렁 건너뛰다
벚나무 가지에 대롱대롱 매달리다
머리카락 친친 감아 허공을 빙빙 돌다
나는 정처 없는
바람~바람~바람~

가끔은 눈이 쌀로 보일 때가 있다

쌀알 같은 눈이 내린다
기억은 눈발처럼 흔들리고
흔들리는 눈발 속에서 꿈을 꾸는 동안
추억의 한쪽은 미끄럽게 나를 통과하여
측백나무 울타리 안으로 들어선다
그곳엔 눈이 소복소복 쌓인 장독대가 있고
여섯 살인 나와 내 어린 친구들이 있다
사금파리 그릇에 이밥 같은 눈을 고봉으로 퍼 담는
붉게 얼은 고사리 손이 있고
이밥 한 주먹씩 베어 먹는
퍼렇게 굳은 입술이 있고
부드러운 이밥 꽁꽁 뭉쳐 백설기라고 씹고 또 씹던
눈빛 닮은 작은 이빨이 있다
까르르까르르 붉은 잇몸 사이로 쏟아져 나온 웃음소리가
눈발처럼 흩날려
허기진 측백나무 위로 기어오르면
숨겨진 짙푸른 기억들이 먼 시간을 견디고
추억의 꽃 한 송이 싱싱하게 피워 올린다

쌀알 같은 눈을 바라보면
어디선가 내 이름 부르는 소리 자꾸만 들려
눈밥 한 주먹 뭉쳐 입 속에 넣어본다
그리운 친구의 웃음소리 목젖에 붙어
뜨겁게 눈밥을 녹인다

바람의 발자국마다 흘러내린 그리움의 눈물자국

나뭇잎이
바람의 페달을 밟는다
밟을 때마다 바람의 발자국은 높은 음계를 짚으며 달리고
페달 밑에는 벗어던진 색색의 낡은 나뭇잎 신발들
어떤 쓸쓸함이 바람의 발자국마다 매달려
세상은 쓸쓸한 바람 냄새 가득해요

던져진 나뭇잎 신발들 밟을수록
바스락바스락 퍼즐처럼 짜여지는 추억 속에
바람의 발자국마다 흘러내린 그리움의 눈물자국
천만번을 흘러 내려도 바스러지는 잎 속에
그리워 선연히 붉어진 잎맥들
어떤 흘러간 시간이 눈물자국마다 매달려
세상은 눈물로 얼룩진 바람 냄새 가득해요

나뭇잎이 밟은 바람의 페달이 검은 휘장 속에 누운 저녁
나는 자꾸만 누구의 이름인가

바람의 발자국에서 건져 올리고
얼굴과 얼굴의 잔상들이 노을에 젖어
잔잔히 11월의 나무를 밀치고
바람의 등고선 속으로 몸을 숨겨요

느낌

친구가 외도에서 찍은 사진을 보내왔다

이름 모를 꽃무리 속에서 바다를 향해
한 손을 치켜든 내 손가락 끝으로 느낌이 왔다
희미한 수평선을 건너 시간의 칠을 벗기고
손가락 끝 실핏줄 속으로 다가왔다
번쩍이는 그의 안경알 속에
세워 놓은 한낮이 꽃무리마다
활활 불을 지피다 허옇게 시우는데
부르지 못한 이름은 내 입 속에 가득 물려
삶은 즐거운지 목젖을 흔들고 흔든다
천국의 계단 넘어
추억처럼 느낌으로 다가온 흔적들이
높은 파도를 허물고
실눈 자욱이 밀려와
핏줄 타고 온몸을 휘돌아간 발자국
자국마다 푸석푸석 부풀어 올라
몸 속에서 들리는 끊임없는 파도소리

넌출같이 밖으로 향하려는
소리의 열망에
밤새 통증 같은 그를 게워 내느라
땀은 흥건히
외도의 바닷물에 젖어 푸르고
충혈된 얼굴은 외도의 꽃물 들였는가

느낌으로 왔다 사라지는 바람 한 줄기
늙은 봄이 쓰러진 몸 속
아픈 기억들을 밟고 간다

조용히 스며드는

3월에 눈이 와요
흰 나비들이 공중 가득히 날아와요
콘크리트 담장 위에 앉았던 수천 마리의
나비떼가 눈물이 되어 담장 속으로
스며들어요 담장은 눈물을 마시고
마시다 높고 낮은 강줄기를
길게 그었지요 강줄기를 따라 이어지는
물결소리 출렁~출렁~출렁~
그 소리 밟으며 강가를 걸어가면
나비처럼 가볍게 살지 못한 내가 어느새 나비가 되어
어깨에 돋아나는 희디흰 날갯짓
나는 훨훨 날고
눈은 하염없이 쏟아지고
강물은 수위가 점점 높아져 땅에 닿을 듯하고
눈을 들어보니
강 건너 긴 담장 끝에 늘어선 버드나무
나비의 군무 속에 아슴푸레해요
그곳 피안의 나라로

강물이 넘치기 전에
가요 날아가요

한참을 울고난 후의 해맑은 얼굴처럼
반짝! 비치는 3월의 햇살 속으로 천지가 살아나고
나비는 날개 접어
조용히 강물 속으로 스며드는

잉어빵

잉어빵을 굽는 아저씨의 두툼한 손이
덜커덕 잉어 한 판 낚아챈다

어디를 봐도 똑같은 잉어가
봉지 안에 일렬로 누워 있다

비늘은 둥그런 파장의 물결 같고
꼬리는 꼿꼿한 댓잎 같다

불그레한 팥 내장이 살짝 뱃살에 비치는
노란빛 황금 잉어다

어느 연못에서 헤엄치다 왔는지
아직 피가 통하는 따뜻한 몸통

황금 잉어 한 마리 내장까지 통째 다 먹고
겨울밤 대지의 물살을 가르며 간다

체 게바라 머리카락에 마음 베이다

머—ㄴ 곳에서 새벽이 고요가 되어 왔을 때

도려낸 듯 선명한 아침노을을 가르고 신문 속에서 활자들이 다투어 튀어 나왔어

〈체 게바라 머리카락 경매 나온다〉*

혹백사진 속

그의 눈 속에 잠긴 적막이 잠자던 내 적막과 어우러져 내 눈 속으로 튀어 올랐어

〈최근 쿠바 출신의 전 미국 중앙정보국 CIA 요원 구스타보 비욜도(71) 씨는 1967년 게바라의 시체를 매장하기 전에 자신이 게바라의 머리카락 등 물품을 확보해 40년 동안 보관해 왔다며 게바라의 머리카락을 경매하겠다고 밝혔다〉*

이미 젖은 내 동공은 확장되고

거칠고 메마른 내 머리카락을 손으로 쓸어내리며 그대를 생각했어

혁명의 피를 먹고 귀 밑에 내려앉은 그의 검은 머리카락들

능선과 능선의 안개를 가파르게 마시면서
빈곤과 불의에 대한 분노를 힘껏 토해내면서
시가 몬테크리스토의 연기를 깊이 마시면서
苦하고 毒하게 키웠을 머리카락의 영혼이 닫힌 시간의 창문을 열었어
어느덧 새벽의 고요는 생활의 소음으로 물들기 시작하고

내 몸 속 어딘가 소음이 환각의 스크린을 끌어가는 새벽
그대 동트기 전 재빨리 가야 할 산기슭 이슬 밟는 소리
어스름 저녁 아지트의 호롱불 아래서 괴테를 읽는 모습
추억 속에 반짝이는 가족이나 친구들에게 편지를 쓰는 모습
오 이런 모습들이 바스러져 한 줌의 먼지로 먼 길을 떠다니겠지

우리 집 창틀에도
냄비뚜껑 위에도
내 머리 위에도

품 속에도
사막의 돌개바람으로 날아와 우주를 흐르고 흘러 다닐

불꽃 튀는 그의 생이 볼리비아에서 스러졌을 때
그의 시신에서 떨어진 한 줌의 머리칼이여
이 아침 그대 머리카락 썰물 되어 내 몸 속을 돌아 나갈 때
내 가슴 그 머리카락에 깊이 베었어라

*동아일보 2007년 9월 5일 記事

춤춰라 미루나무여

미루나무 가지가 바람에 흔들리는구나 바람이 몸을 풀어 저 미루나무 가지 흔들어대는구나 그렇게 바람은 가지와 가지 사이로 길을 내며 흘러가는구나 내 몸도 저 바람의 몸통에 흔들려 어차피 흔들릴 몸이라면 육신이여 저렇게 시간 시간이 온몸을 다하여 기진할 때까지
그렇게
흔들리고 싶구나

이 미루나무는 정녕 오랫동안 시간을 흔들고 있구나 그러나 꺾여지지는 않아 바람으로 얼룩진 가지 꺾인 세월이라고 쓴 적은 있구나 그렇구나 그랬어 그러나 미루나무 바람에 흔들리고 흔들려도 천만년을 흔들려도 청아한 바람소리 밀어 올리고 밀어 올려 뿌리로 자리를 지키는구나 지금 내 앞에서 흔들리고 흔들려도 미루나무 맑고 푸른 바람 일으켜 그렇게
길을 찾아
하늘로 키 키우고 있어

그렇구나
가지들이 서로 엉겨 부딪치고 부딪쳐도 미루나무
소슬한 바람 일으켜 가지마다 새들을 보듬어 안았구나
일렁이며 쓰러질 듯 춤을 추는구나
잎과 잎이 손뼉 치며 가지와 가지가 환희에 차
바람에 몸을 맡기고 어우러져 너울너울
저렇게 하늘 높이 춤을 추다니

미루나무여
나는 오랫동안 그대의 황홀한 춤사위를 보았나니

마라도의 해

해가 파도 속에서 프리즘을 통과하고
있을 때 내 눈 속에서 떨어져 나간 해가 바다에 빠져 날선 눈빛 들어
올릴 때 해는 바다가 고향인 듯 그 품속에서 출렁이고
수많은 해가 물기 털고 나올 때쯤
나와 친구들은 경운기를 타고
바위에 다닥다닥 붙은 조개가 되어 마라도를
달렸다 파도의 자궁 속에서 던져진 굵은 로프 위를 경운기가
달렸다 파도가 쫓아오며 굵은 로프를
삼켰다 파도 속에서 길이 솟아
오르고 번쩍! 해가 공중 따라
올랐다 모로 누운 푸른 빙벽에서 쏟아지는 빛의 창날
우리들은 흔들리는 빙벽을 계속 뒤로 밀고 있었다.

경운기 밑으로 길이 길을 낳고 우리들 웃음소리가 바닷바람에 머플러처럼 휘날리다
바퀴에 깔려 부서졌다 경운기는 날아오는 총알처럼 달려오는 길을 가랑이 밑으로 넣고 있었다 갈매기가 흰 금

하나로 지나가자 유채꽃 노란 행간 사이로 머리카락처럼 헝클어지는 노랫소리

등대의 감은 눈에 미끄러지듯 엉겨
붙는다 낮이면 빙벽을 뚫고 해를 건져 숨긴다는
등대지기 밤이면 칠흑 같은 등대의 눈에 숨긴 해를 박는다는
등대지기* 밤의 바다를 적시는 햇살들
호밀밭의 파수꾼처럼 마라도를 달리고
달리다 낮은 능선을 빙글빙글 돌고
돌다 발이 땅에 닿고 올려다보니
기원정사 천만년 파도 소리에 말갛게 씻긴 한 덩이 해가
법당에 앉아
"차나 한 잔 하고 가세요"
땅 끝에서 들리는
그윽한
풍경 소리

*마라도의 등대에서는 낮에 햇볕을 저장했다 밤에 등대의 불빛으로 쓴다.

향기의 왼쪽

네모난 방이 있었다
네모난 책상 위에
네모난 라벤더 화분이 있었다
내가 그 향기에 취醉하려는 것이 아닌데
목덜미를 따라 콧속으로
네모의 향기가
라벤더 라벤더
투 스텝으로 번져 왔다

나를 그 속에 묶어두기 위해 수많은 향기를 산란하며
눈 속으로
머리카락 사이로
토슈즈를 신고 날아오르는 발레리나 같이
말갛고 부드럽게
네모의 향기가
라벤더 라벤더
엉기듯 춤추며

온몸이 향기로 꽉 찰 때까지
나는 호흡을 멈춰서도
넘어온 향기를 다시 토해서도
안 되지만
그렇지만 정말이지
목구멍까지 차 오른
네모의 향기가
라벤더 라벤더
토해낼 것 같아

얼마쯤 향기의 방에 있은 걸까
내가 그 향기에 취醉하려는 것이 아닌데
각진 모서리에 머리 짓찧으며
잠긴 문의 비밀번호를 찾으며
밖으로 향하려는
지독한 몸짓이
라벤더 라벤더
네모 속을 회전한다

오늘은 그의 생각을 놓지 않으려는데

오늘은 그의 생각을 놓지 않으려는데

이렇게 벚나무 잎이 바람에 출렁거려 복날 쫑쫑이* 혀처럼 늘어진 수많은 혀와 혀가 7월 햇볕을 말갛게 빨아먹는 한낮 쏟아지는 매미 소리에 샤워하고 벚나무 잎처럼 살갗에 바람 들어 가볍게 흔들리는 날

사람의 몸이 뭐 별다르다고

오늘은 그의 생각을 놓지 않으려는데

경포바다 수면 위에 어머니 남색치마가 펄럭여 바다가 된 어머니 치마를 허리에 걸쳤더니 갑자기 클레멘타인처럼 넓고 넓은 바닷가에 서서 추억의 부스러기들 담쟁이 넝쿨 되어 느릿느릿 목울대 차오르는 차고 맑은 슬픔

사람에게는 누구나 어머니가 있다고

오늘은 그의 생각을 놓지 않으려는데

소나기가 쏟아져 서로의 말소리를 놓아버리자 빗방울들이 허공에서 살을 맞대고 교성을 질러대 버스정류장 은행나무 가지에서 막 태어난 새떼들의 물방울 같은 지

저귐 우산은 뒤집어지고 뒤집어진 우산을 쓰고 둥둥 떠다니는 날

사람의 소리가 뭐 따로 있다고

오늘은 그의 생각을 놓지 않으려는데

이효리가 TV에서 춤을 춰 소녀의 유연한 율동에 별사탕처럼 반짝반짝 흔들리는 배꼽 여자들은 복제하고 싶어 안달이고 남자들은 소유하고 싶어 몸살 난 꽃잎 같은 미소 불꽃처럼 시간을 빠르게 회전시키는 그의 육체 속으로 떠밀려 들어가는 날

사람에게는 긴 시간이 없다고

오늘은 그의 생각을 꼭 쥐고 그의 49제에 가는 길

칠성산 골짜기 싸리꽃 눈물처럼 떨어지는 날

사람은 누구나 땅에 떨어져 물처럼 흘러간다고

* 강아지 이름

젖은 발

포남시장 공터에는 측백나무가 낮은 담을 이루고 있었는데 이 봄날 측백나무는 뽑히고 그 자리에 쇠말뚝을 박는다 땅은 좀처럼 몸을 열지 않아 해머 소리만 챙챙 땀을 흘리는데 물오른 나뭇가지는 뽑혀서도 팽팽히 힘줄이 일어서는지 눕기가 불편한 것 같아 삭풍에도 굴하지 않는 푸른 잎을 세웠는가 뿌리는 오랫동안 땅 속에 있어 아직도 땅 속인 줄 알고 있겠으나 그 몸에 발 디딜 곳을 찾아 흙 묻은 실뿌리가 젖어 꿈틀거리기도 하겠으나 다만 꿈틀거리는 실뿌리 속에 아프리카 난민의 젖은 맨발이 있다는 것을…… 어떻게 말할 것인지 지금 막 뽑아 쌓은 나무의 떨리는 발가락 사이로 시린 바람 몇 자락 얹어주지만 삶이 뽑힌 자리에서 솟아난 슬픔이 이슬방울처럼 잎에 매달렸다 스러지지만 생피 냄새 허공 속에 가득하고 지워지지 않아 해머 쥔 손이 어질머리 휭—하니 비틀거리는데

■ 해설

관음觀音의 시와 감각

이재복
(문학평론가, 한양대 교수)

공계열의 시에는 보이는 것과 들리는 것에 대한 민감함이 묻어난다. 보이는 것은 보는 것과 다르고, 들리는 것은 듣는 것과 다르다. 보이는 것은 저절로 어떤 대상이 눈에 들어오는 것을 말하고 보는 것은 어떤 대상을 일부러 보는 것을 말한다. 마찬가지로 들리는 것은 저절로 귀에 들어오는 것을 말하고 듣는 것은 일부러 듣는 것을 말한다. 이런 점에서 보이는 것과 들리는 것에 민감하다는 것은 어떤 대상에 대해 자신의 눈과 귀가 자연스럽게 열린다는 것을 의미한다. 이것은 시인 스스로가 행위의 주체가 아니라 객체가 되는 것이다. 시인이 주체성이 강하면 대상을 자신의 의지에 따라 변형시키고 조작하기가 쉽다.

그러나 시인은 이러한 태도를 보이지 않는다. 어떤 대상이나 그 대상이 빚어내는 하나의 현상을 현상 그 자체로 대하면서 그것이 자연스럽게 자신의 정서 속으로 스며들도록 한다. 시인의 정서 속으로 스며든 대상은 시인으로 하여금 그 안에서 자신이 미처 발견하지 못한 것을 느끼게 하고 은폐된 의미들을 탈은폐 하게 한다. 시인의 이러한 태도를 잘 보여주는 시가 바로 「오동꽃」이다.

관음리觀音里라는 마을을 아시는지
그 마을의 보이는 것과 들리는 것에 대해 들어 보셨는지
산비탈 소나무숲 속 오동나무들과
오동나무 가지에 매단 보랏빛 작은 종들을 보셨는지
여태 내가 보지 못한 그윽한 풍경이 있어
창문마다 두드리는 오동꽃 피는 소리 그 종소리 들으셨는지
그 마을 지붕마다 환하게 내려앉는 오동꽃 지는 모습 보셨는지

나는 오동꽃에 시선이 콱 잡혀서
다만 가슴이 설레고
내 몸속 어딘가 보랏빛 슬픔을 새겨 넣고 있는 낮은 종소리
그 소리 창가에 매달고 서서 기억한다
이슬 젖은 적막을 신고 새벽 오동나무 아래 서면
가지마다 동그랗게 오므린 꽃등이 활짝 열리고
오동꽃 실에 꿰어 목에 거는 소녀의 삽화 한 장 사이로
바람에 흘러가는 세월이 보이고
지는 오동꽃 이슬 비비는 물방울 소리
그 아름다운 연주 속에
강물 따라 세월 흘러가는 소리 들린다

시인의 "시선이 콱 잡힌" 대상이 "오동꽃"이다. 시인이 "오동꽃"을 보기 전에 이미 그것에 의해 시인은 보여진 것이다. 이 사실은 시인의 의지와는 상관없이 "오동꽃"이 저절로 눈에 들어왔다는 것을 말한다. 시인이 억지로 본 것이 아니라 저절로 보여졌기 때문에 "여태 보지 못한 그윽한 풍경"이 펼쳐지는 것이다. 이 시에서 시인이 말하는 그윽한 풍경이란 '오동꽃이 피는 소리와 그것이 지는 모습'이다. '오동꽃 피는 소리'는 '종소리'로 전이되어 시인의 몸속에 내재해 있는 슬픔을 깨운다. 시인은

그것을 “내 몸속 어딘가 보랏빛 슬픔을 새겨 넣고 있는 낮은 종소리”라고 명명한다. 오동꽃이 피는 장면을 종소리로 치환하여 시인의 내면까지 들여다보고 있다는 것은 단순한 시각의 청각적인 전이가 아니라 외면 혹은 표층의 의미가 내면 혹은 심층의 세계에까지 닿아 있다는 것을 말해 준다.

시인의 내면에 은폐되어 있는 상처는 그 자신은 그것을 제대로 볼 수 없다. 그것은 누군가에 의해 보여질 때 그 모습이 제대로 드러나는 것이다. 오동꽃이 피고 지는 소리와 모습을 통해 시인의 내면의 상처가 드러난 것이다. 오동꽃이 피고 지듯이 시인의 내면의 상처 또한 흐르는 세월 속에서 그렇게 명멸하는 것이다. 이 상처의 명멸하는 모습을 시인은 “지는 오동꽃 이슬 비비는 물방울 소리”로 표현하고 있다. 여기에 오면 오동꽃은 소멸하면서 동시에 생성되는 모습으로 강렬하게 환기되기에 이른다. 진다는 것이 시간의 흐름을 내포한 것이라면 오동꽃의 지는 모습을 물방울 소리로 치환하는 것은 자연스러워 보인다. 하지만 이 대목의 진정한 묘미는 여기에 있지 않다. 그것은 바로 “이슬 비비는”에 있다. “이슬 비비는”은 “지는 오동꽃”의 슬픔을 아름답게 표현한 것이라고 할 수 있다. “이슬 비비는”으로 인해 이어지는 “물방울 소리”의 의미가 매우 청초하면서도 숭고한 정조를 드러낸다. 이러한 정조는 만일 오동꽃에 의한 보이고 들리는 이러한 자연스러운 현상이 없었다면 꽃에서 이슬, 그리고 물소리로의 전이는 일어나지 않았을 것이다.

시인의 보이고 들리는 일련의 과정에서 드러나는 전이는 의지나 신념으로 되는 것이 아니라 오랜 시간의 견딤과 축적을 통해 이루어지는 것이다. 시간의 견딤과 축적이 임계점에 이르러 그것이 자연스럽게 흘러넘치면 시인을 둘러싸고 있는 모든 사물이나 대상들이 보이고 또 들리기 시작하는 것이다. 시인은 「딸기 2개가 그려진 빗살무늬 접시」에서

멀리 돌아와 보니
이제야 사람은 추억 속에 산다는 것을 알 것 같네요

라고 말한다. '멀리 돌아 왔다는 것'은 단순한 시간의 우회가 아니라 긴 시간 속에서의 새로운 발견과 깨달음을 함축하고 있는 말이라고 할 수 있다. 이 긴 시간 속에서 시인의 눈에 보이기 시작한 것은 다름 아닌 '딸기 2개가 그려진 빗살무늬 접시'이다. 이 접시는 시인이 "새색시 시절 익은 딸기빛 치마 팔랑거리며 산 접시"이다. 새색시

시절에 산 접시임에도 불구하고 시인은 그것의 존재를 망각한 채 살아온 것이다. 그렇다면 망각의 저편에 놓여 있던 존재를 다시 불러내게 된, 다시 말하면 시인의 눈에 자연스럽게 보이게 한 계기를 제공한 것은 무엇인가? 이 물음에 대한 답을 시인은

갖은 양념을 사랑으로 품어 안았던 빗살무늬 골 깊은 가슴에
다 잊은 줄 알았던 딸기 2개가 싱싱하게 살아나
상기된 얼굴로 나를 안을 줄이야
지난 시간은 흐느끼며 다시 찾아와
종종걸음 치던 내 삶의 인연 속에서
한밤중에야 이슬에 젖던 딸기의 몸

삶은 밀어내고 끌어당기며 무치던
시금치 콩나물 호박나물……과 함께
시간을 잘라먹고 목쉰 노래 흥얼거리네요
딸기 2개가 붉게 잠긴 빗살무늬 접시 그 안에
내가 수없는 잔금으로 남아 추억 속에 살 비비고 있음을
이 마모된 길목에 와서야 겨우 알겠네요

에서처럼 그것을 '마모'라는 의미 속에서 발견한다. "마모된 길목에 와서야" 시인은 "겨우" 그 접시의 존재를 알게 된 것이다. 자신이 마모되었다는 것을 알게 되면서 시인은 접시의 "빗살무늬"가 눈에 들어온 것이다. 자신이 빗살무늬처럼 "수없는 잔금으로 남아 추억 속에 살 비비고 있음을" 깨닫게 된 것이다. 이 깨달음은 곧 삶에 대한 깨달음을 의미한다. 시인의 눈에 삶이란 갖은 양념으로 나물을 무치듯 무엇인가를 "밀어내고 끌어당기"면서 형성되는 것으로 보인 것이다.

지나온 시간에 대한 반추 혹은 반성의 과정을 가진다는 것은 시인의 내면에 대한 성찰의 정도가 깊어진다는 것을 의미하기도 하지만 그것은 또한 시인의 외부 대상에 대한 새로운 인식을 의미하는 것이기도 하다. 내면이란 외부와 분리되거나 차단된 상태로 존재하는 것이 아니라 그것은 서로 밀접한 관계를 유지하고 있다고 할 수 있다. 시인의 어두운 내면이 일정한 성찰과 반성을 거치면서 그것이 외부로 표출되거나 표현되는 경우 우리는 이러한 서로의 관계성을 확인할 수 있다. 그것은 마치

> 내 손끝에서 하나 둘 꽃잎이 돋아나는 동안
> 가슴에 쌓인 칙칙한 삶의 무게들이

점점 가벼워져 몸 밖으로 조금씩 빠져 날아갑니다

꽃잎 따라 먼 길을 돌아온 아침 생각할수록
내가 꽃잎을 만드는 것이 아니라
꽃잎이 나를 만들고 있었습니다

— 「꽃잎」 부분 인용

에 제시된 세계와 다르지 않다. 시인의 몸에서 '돋아남' 혹은 '날아감'과 '쌓임'이 서로 공존하고 그것이 가능한 것은 시인 자신이 '나'로부터의 집착에서 벗어났기 때문이다. 시인은 어떤 길을 자신의 의지에 따라 행하는 것이 아니라 외부 대상, 여기에서는 "꽃잎"에 의지해 행동한다. 나를 과감히 버리고 "꽃잎"이라는 대상에 투사함으로써 시인은 자기 자신의 존재를 상실한 것이 아니라 오히려 더 잘 자신을 볼 수 있게 된다. 그 결과 시인은 "내가 꽃잎을 만드는 것이 아니라/ 꽃잎이 나를 만들고 있었습니다"라고 말하기에 이른다. "꽃잎"이 저절로 보이는 것이지 시인이 그것을 억지로 보는 것이 아니다.

그러나 시인의 보임과 들림은 여기에 머물지 않고 보다 더 확대되고 심화되기에 이른다. 시인의 보임과 들림은 이제 눈에 보이는 차원을 넘어 눈에 보이지 않는 차원에까지 그 감성이 이어진다. 눈에 보이지 않는 것을 보이게 하는 경우 여기에는 분명 대상의 압도적인 힘이 작용하고 있기 때문이라고 할 수 있다. 대상이 시인의 의지를 압도하면 그 힘에 억압받을 수도 있지만 여기에서의 그것은 억압이 아니라 자발적인 끌림이다. 어떤 대상에 대해 절실함이 있으면 시인이 그것을 강제적으로 떠올리거나 말하지 않아도 그것이 일정한 임계점에 이르면 자발적으로 흘러넘쳐 시인을 향해 흐를 수밖에 없다. 시인을 향한 대상의 흐름이 임계점에 이르면 일상적이고 상식적인 그리고 객관적인 논리를 초월하여 그것이 드러난다.

난 젊은 어머니처럼 고개를 뒤로 돌리지
평생 등에 진 바다를 내려놓지 못해
바다 속 어느 고샅으로 흘러들다
지느러미 한번 마음껏 흔들어보지 못한
어머니의 한 아들을 생각하고
난 냉장고에서 이명처럼 파도 소리를 듣네
어머니가 쏟아놓은 청어는
푸른 물살 넘실거리며 섬돌을 가로지르고
난 고개를 돌려 항구를 바라보지
냉장고에는 항구의 불빛이 고향집 창문처럼 환하고

싱싱한 겨울바다가 빙점에 떨고 있네
청어 등으로 시퍼런 물이 굽이쳐 흘러내리고
분홍색 노을이 내려앉는 해안선 따라
어머니가 노래처럼 파도에 발목을 적시네
냉장고는 이명처럼 파도 소리를 내고
난 바다가 가득 찬 냉장고를 가졌다네

—「냉장고에서 바다를 꺼내다」 부분 인용

시인의 눈에 저절로 보이는 대상은 "어머니"이다. 하지만 "어머니"는 어머니 그 자체로만 보이는 것이 아니라 언제나 "바다"와의 관계 속에서 존재한다. "어머니"가 "바다"로 치환되면서 그 이미지가 "고샅" — "파도" — "항구" — "청어" — "노을" — "해안선" 등 다양한 질료로 변주되어 드러난다. "바다"의 생생한 이미지가 강렬하게 환기되면서 시인은 그것으로부터 헤어나지 못하는 것이다. 이로 인해 시인의 눈에 "바다"는 더 이상 고정된 실체가 아니라 그것은 어디든지 옮겨 다닐 수 있는 동적인 존재가 된다. "바다"가 "냉장고" 안으로 들어올 수 있는 이유가 바로 여기에 있다. 시인은 "냉장고에서 이명처럼 파도 소리를 듣"고, "항구의 불빛이 고향집 창문처럼 환한" 냉장고와 만난다. 시인에게 냉장고는 가득 찬 바다에 다름 아니다.

'냉장고'와 '바다'는 서로 이질적인 부분을 많이 가지고 있는 존재들이다. 우선 냉장고는 폐쇄적이고 고정적인데 반해 바다는 개방적이고 유동적이다. 하지만 이러한 이질성은 시인의 보임의 차원의 확장과 심화의 연장선상에서 보면 그것은 아무것도 아닌 것이 된다. 이 시에 드러나는 시인의 상상력은 그 기반이 여기에 있다고 할 수 있다. 가령 "고등어 뱃속에 들어간 아침 햇살/ 뜨겁게 교접하며 살을 만들었으니/ 그 살점 불그레하다"(「고등어를 손질하다 보니 알겠네」에서처럼 그것은 '고등어'와 '햇살'과의 만남으로 드러나기도 하고, "알통을 들어내고/ 그녀의 몸 속으로 들어간/봄이/물관을 타고 돛을 높이 올렸다"(「淸明」)에서처럼 그것은 '여자의 몸'과 '봄'의 만남으로 드러나기도 하며, "뿌리 뽑힌 어금니가/ 불현듯 새순 돋듯 영산홍 꽃잎 속에서/ 말없이/ 돋아날 것 같아"(「입 속의 꽃」)에서처럼 그것은 '어금니'와 '영산홍'과의 만남으로 드러나기도 한다. 하지만 이러한 예가 무엇보다도 잘 드러난 시는 「서진이 2」이다.

> 서진이가 현관에서 손 흔들며 까르르 웃었다
> 엘리베이터 속으로 웃음소리가 따라왔다

304호에서부터
304번 까르르까르르 따라왔다
앞니 4대도 같이 왔다

"윙크" 하면 양쪽 눈을 살짝 감았다 뜬다
"윙크"가 뚜레쥬르까지 따라와 케익 속에 앉았다
"윙크"가 보문시장 사람들 사이에서 길을 잃었다
지하철을 탄 내 눈 속에
"윙크"가 따라와 반짝인다

시인에게 "서진"이라는 대상은 보이면서 동시에 들리는 존재이다. 서진은 늘 어디에서 보이고 또 들린다. 보임과 들림의 대상이 자연적인 것(오동꽃)과 일상적인 것(접시)으로부터 사람(어머니, 서진)에 이르기까지 포괄적이지만 그 안에 내재한 의미는 다르지 않다고 할 수 있다. 이들 사이에 차이가 있다면 그것은 감성과 정서, 그리고 생명과 물질과 같은 대상의 특성에서 비롯된 것 때문이라고 할 수 있다. 이 시를 통해 알 수 있는 것은 그 보이고 들리는 대상이 순수할 때 시인의 끌림은 더 크게 일어난다는 사실이다. "앞니가 4대"밖에 없는 "서진"이의 "까르르"한 "웃음소리"는 순수 그 자체라고 할 수 있다. 시인이 "서진"이한테서 느끼는 그 순수함은 "오동꽃"이나 '딸기가 그려진 빗살무늬 접시', 그리고 "어머니"에게서도 발견되는 것이다. 이들이 혹은 이것들이 보이고 들릴 때 시인의 순수 역시 자연스럽게 드러난다.

시인은 이렇게 자연스럽게 보이고 들리는 것에 대한 남다른 자의식 같은 것이 있다. 이것은 어떤 우열적인 체계나 구조에 대한 해체 같은 그런 사상이나 사유를 환기하는 것이 아니다. 시인의 자의식은 정서적인 차원에 가깝다. 보이고 들리는 대상에 대한 자의식은 '조용히 스며든다'는 표현이 어울릴 것이다. 조용히 스며들기에 그것은 시인의 의지와는 무관하게 작동하는 정서적인 흐름을 지닌다고 할 수 있다. 어떤 대상이 또 다른 대상 속으로 조용히 스며들기 위해서는 무엇보다도 그것을 가능하게 하는 시인의 감성 혹은 정서가 전제되어야 한다. 이러한 보이고 들리는 대상이 시인의 감성을 통해 아름답게 표현된 시가 바로 「조용히 스며드는」이다.

3월에 눈이 와요
흰 나비들이 공중 가득히 날아와요
콘크리트 담장 위에 앉았던 수천 마리의
나비떼가 눈물이 되어 담장 속으로

스며들어요 담장은 눈물을 마시고
마시다 높고 낮은 강줄기를
길게 그었지요 강줄기를 따라 이어지는
물결소리 출렁~출렁~출렁~
그 소리 밟으며 강가를 걸어가면
나비처럼 가볍게 살지 못한 내가 어느새 나비가 되어
어깨에 돋아나는 희디흰 날갯짓
나는 훨훨 날고
눈은 하염없이 쏟아지고
강물은 수위가 점점 높아져 땅에 닿을 듯하고
눈을 들어보니
강 건너 긴 담장 끝에 늘어선 버드나무
나비의 군무 속에 아슴푸레해요
그곳 피안의 나라로
강물이 넘치기 전에
가요 날아가요

한참을 울고 난 후의 해맑은 얼굴처럼
반짝! 비치는 3월의 햇살 속으로 천지가 살아나고
나비는 날개 접어
조용히 강물 속으로 스며드는

이 시에서 저절로 시인의 눈으로 조용히 스며드는 대상은 “눈”이다. 이 “눈”을 시인은 ‘흰나비들’로 치환한다. 담장 위에 내리는 “눈”이 마치 “수천 마리의/ 나비떼가 눈물이 되어 담장 속으로/ 스며드”는 것으로 시인의 눈에 보이는 것이다. 눈의 부드러움과 액체의 이미지를 나비와 눈물로 치환함으로써 이 시의 상상력은 자연스럽게 또 다른 변주를 가능하게 한다. 이제 “눈물”이 “강줄기”가 되어 흐른다. ‘눈’에서 ‘눈물’로 ‘눈물’에서 다시 ‘강줄기’로 그 의미 층위가 확장되고 심화되면서 시인 자신의 존재의 무거움이 점점 덜어지고 결국에는 ‘희디흰 날개가 돋아 훨훨 날기’에 이른다. 날아서 시인은 “피안의 나라”에 이르고 싶어 한다.

그러나 시인의 상상력은 “피안의 나라”에 머물러 있지 않다. 시인의 상상력은 피안에서 “3월의 햇살 속”으로 되돌아온다. ‘눈’을 통해 전개되는 시인의 상상력이 환상이나 환각을 동반하는 것이 사실이지만 그것이 피안이라는 유폐된 세계에 머물러 있지 않고 현실의 감각으로 존재한다는 것은 환상과 현실 사이에 일정한 시적 긴장을 불러일으킨다는 점에서 주목에 값한다. “나비는 날개 접어/ 조용히 강물 속으로 스며드는” 모습이 어디 멀리 피안의 나라에서 이루어지는 행위가 아니라 바로 지금, 여기 3월의 어느 날 저절로 보이는 풍경의 한 대목을 연상시킨다. 시인의 상상력의 성패는 이렇게 시인과 시적 대상, 시적 대상과 대상 사이의 조용한 스며듦에 의해 결정될 것이다. '나비가 날개를 접어 조용히 강물 속으로 스며드는 것'과 같은 상상력이야말로 시인의 감성 혹은 정서가 저절로 보이고 들리는 과정을 통해 만들어내는 아름다운 관음觀音의 세계라고 할 수 있다. 시인의 궁극이 이러한 관음의 세계에 있다면 그것은 감각, 단순히 보고 듣는 것이 아닌 저절로 보이고 들리는 것으로부터 출발하는 시의 본래의 속성을 함축하고 있는 것으로 보아도 무방하다. 좀 더 감성적이고 감각적인 관음의 시가 탄생하기를 기대해 본다.

냉장고에서 바다를 꺼내다

글쓴이 / 공계열
펴낸이 / 孫貞順
펴낸곳 / 모아드림

1판 1쇄 / 2009년 4월 25일

서울 서대문구 북아현3동 1-1278
전화 / 365-8111~2
팩시밀리 / 365-8110
E-mail / morebook@morebook.co.kr
http://www.morebook.co.kr
등록번호 / 제2-2264호(1996.10.24)

ISBN 978-89-5664-124-2

값 7,000원